講談社文庫

「不良中年」は楽しい

嵐山光三郎

「不良中年」は楽しい／目次

2

老いては色欲にしたがえ 47

3

バクチは人生の教科書である　67

6

マジメ人間よ、目ざめて不良になれ

8

往生際は悪くてよろしい

「不良中年」は楽しい

序章　不良中年の特権

ムカシは五十歳をすぎてから不良になった。五十歳をすぎれば、好き放題に生きてよい。「人生わずか五十年」というのは、五十歳以上はオマケの人生ということだ。しかし、高齢化社会になると、五十歳は「第二の人生」の始まりとなる。十年後には定年が待っているし、「さて残りの人生をどうすごすか」とオヤジたちはとまどう。

体力も若いときにくらべれば劣ってくる。いまさら勉強しなおして、新しい仕事に取り組むのは遅すぎる。やれビッグバンだ、インターネットだ、インテリジェントビルだという世の動きには、ついていけない。はやりの音楽だって、どこがいいのかカイモクわからない。企業内では締めつけられて、リストラの対象になる。こういうときはどうするか。

不良オヤジになればいいのです。

ということで不良中年は楽しい。

中学生のころはみんな不良少年だった。

そのころに戻ればいいわけですね。

生活の不安はある。住宅ローンの返済は残っている。子の学費もかかる。だけど、そんなことにしばられていてどうする。あとの残りの人生を考えてみなさい。八十歳まで生きるとしても、すぐにボケがやってくるかもしれない。残りの人生を好き勝手に生きなきゃもったいない。

お金持ちも貧乏人も寿命には限りがある。お金はあるにこしたことはない。でも、お金がなければないなりに、不良オヤジにはなれるのだ。中学生のころは、だれもお金なんかなかったじゃないの。お金はないけど不良だった。お金があるやつのほうが、むしろ不良になりきれなかった。

そうなのです。お金とか社会的地位にこだわるから不良になれない。五十歳までつみあげてきた社会的経験が、オヤジの不良化をさまたげている。そんなものは幻影の楼閣《ろうかく》だ。早いとこ捨てちまったほうがいい。

不良と非行はちがう。

ムカシは不良少年ばかりいた。

いまは非行少年がバッコする。

非行は人倫にもとる行為である。五十歳をすぎて非行に走れば犯罪者となる。強盗、傷害、詐欺、放火、強姦、痴漢、人さらい、これらすべて非行である。

不良オヤジになるにはどうしたらいいか。それには、まず、先人の不良オヤジに学べばいい。マルクスもエンゲルスも不良だった。ドストエフスキーもトルストイも不良だった。西行も芭蕉も一茶も不良だった。エジソンもアインシュタインも不良だった。荷風も谷崎潤一郎も川端康成も不良だった。

名をなした男たちは、みんな不良だった。それも、ふてぶてしいほどの確信犯である。こういった有名人でなくても、どこの街角にも不良オヤジがいて、子どもたちにとって英雄だったではないか。

いつもはブラブラして、なにをしているのか得体は知れないが、やけにベーゴマがうまく、コソ泥はつかまえるし、パチンコで雀をうちおとし、釣りの達人で、いろんなことを知っていて、そこはかとない色気があった。

親戚のおじさんたちのなかにも、たいてい不良オヤジがひとりはいて、親戚の間では鼻つまみ者だが、子どもたちに人気があった。世を捨てている気配に思いきりのよさがあり、ダンディで、いたずらで、なんにでも興味を示し、そのくせムラッ気でぷいと姿を消して旅に出る。ふんわりと悪い息づかいがある。

こちらが五十歳をすぎると、「あの不良オヤジはこういう気分だったのだな」とようやくわかる。わかったときが変わりどきだ。やせがまんするのはやめて、ムカシの不良少年に戻りましょう。ぼくはいま、それをやっている。

ぼくがどういう経過で不良オヤジになったか、そのことを自己検証してみよう。ぼくにしたところで不良修行中で、発展途上不良オヤジなのである。捨てようとして捨てきれない見栄がある。六十歳になったら捨てきって、隠居して、さらに不良をめざす。非行に走らず不良をめざす。そう思って先人の不良オヤジの足跡を調べると、これが足もとにも及ばない。先人の不良オヤジは、天上にさんぜんと輝いている。日本は不良オヤジの天国だった。その土壌は、半分崩れつつ半分残っている。

老いては色欲にしたがうのが不良オヤジの第一歩だ。色欲にしたがったって、破滅するわけではない。色気なしでは不良の面目が欠ける。

色気に関してちょいと意見をいわせてもらうと、オヤジには白髪信仰がある。長い白髪をハラリとたらしたオヤジが女にもてると錯覚している。偉い作家や音楽家に白髪ハラリがいるけれども、そういった人は、仕事の実績があるからもてるのであって、白髪ゆえにもてるわけではない。一般的には、白髪ハラリよりハゲか坊主頭か短髪のほうが女にもてる。嘘だと思ったら、周囲の女性にきいてみなさい。

仕事の実績がないのに白髪をハラリとたらしているオヤジは、メソメソして、愚痴っぽく、優柔不断で、金払いが悪く、嫉妬心が強く、精力は弱く、講釈はたれるが実行力に欠け、気取っていて、頼りにならない、ということぐらい女どもはみな見抜いている。

ハゲ頭や白髪でも、短髪は元気がよく、はっきりしていて、金払いがよく、細かいことにこだわらず、男気があり、実行力に富み、よく面倒を見てくれる。だから長髪スダレ系にこだわっている人（たとえば中曽根元首相）は、非行はやっても不良にはなれない。

こういう話も聞いた。若いお姉ちゃんがオヤジに向かって、「カッワイイ！」という、あれは、深層心理では、一緒にベッドをともにしてもいい、という意味なのだそうだ。うまくもっていけば口説ける。それをオヤジによっては、からかわれていると思って怒る人がいる。怒らなくても、ニヤニヤして、相手のリップサービスだと思って照れてしまう。これは、せっかくの恋のチャンスを逃すことになる。不良オヤジの修行をつめば、「カッワイイ」といわれた瞬間に「こいつはいけるぜ」と恋のアバンチュールの準備をする。このわずかな分かれめが勝負どきである。

ハゲオヤジになって、妙に達観していい人になってしまっては、なんのドラマも生まれない。顔や体型はオヤジでも、心は青年貴族でいなければならない。自分で自分を安く見積もってはいけない。といって、会社の権威をカサにきて威張るのはもっといけない。いつも「アブナイオヤジ」でいなければいけない。会社の拘束から自由な一人の男となる。

ギャンブルもまた不良オヤジの条件である。競輪、競馬、競艇、マージャン、賭けゴルフ、とバクチほど不良オヤジを誘惑するものはない。現実の社会を生きぬいていくことが最大のギャンブルだから、不良オヤジのなかにはギャンブルを好まぬ人も多い。みんながうつつをぬかす遊びに、人並みに夢中になることが性にあわないのである。それは、ぼくがそうだった。仕事のほうがギャンブルよりずっと面白かったし、そういう仕事を選んだのである。

ぼくがギャンブルに熱中したのは四十歳をすぎてからで、いまから思えば、人生下り坂でギャンブルの味を知った。ギャンブルは不良オヤジの救済措置である。自分を賭ける体力がないからギャンブルにすがる。とはいうものの、ギャンブルには強い意志と体力が必要で、ギャンブルの勝負に耐える体力がなければ、一人前の不良オヤジとはいえない。ということも、ギャンブルにうつつをぬかしてわかったことであった。

不良オヤジ修行中の身としては、血に棲みついたギャンブル魂をどう飼いならしていくかが課題である。これも訓練が必要だが、訓練というのは自衛隊を思い出してどうもいけない。だらしなくダラダラとギャンブル魂を手なずける。

五十歳をすぎると、いやがおうでも妖怪が体内に棲《す》みつく。会社の新入社員も、新妖怪である。内なる妖怪と、外にいる妖怪との対決は、不良オヤジにとっては、全身全霊をもって闘う総力戦である。新妖怪はこちらをなめてかかってくる。

新聞の求人欄を見ていたら、「昔のことを自慢する上役がいない会社です」という宣伝コピーがあった。ようするに社員はみんな新妖怪ばかりの若い人、という意味らしい。ゲーム・ソフトを作る会社だった。上等じゃないの。オメエら、勝手におやんなさい。新妖怪のお手並拝見というところだ。

この広告を見たとき、ぼくはアメリカのコンピュータ会社アップル社を思い出した。アップル社は二人の若者がガレージで始めた会社で、会社は急成長してアメリカン・ドリームと呼ばれた。しかし、会社が大きくなると、分裂して創立者の一人は追われ、しばらくするともう一人もクビになって、会社は人手に渡った。それでも業績が悪化し、創立者の一人であるスティーブ・ジョブスが戻った。アップル社は、いまマイクロソフト社の傘下にある。

「昔のことを自慢する上役がいない会社」はかりに分裂せずに十年つづいても、このコピーを書いた若者は、十年後にそのことを自慢するだろう。オヤジ世代は順番にくりかえすのである。

新妖怪世代はオヤジをオヤジであるがゆえに旧時代の遺物として差別する。じつをいうと、オヤジ世代も、二十代のころは同じようなことをいってさらに上の世代を差別してきたのだから、文句はいえない。メソポタミアの洞窟《どうくつ》に書いてあった古代文字を解読したら、「いまの若いやつはなっていない」という意味だった、という笑い話がある。旧世代が新世代の不平をいうのは世の常で、それはそれでしかたがないことだ。重要なのは、オヤジ世代がそれにどう対応するかである。ムキになって立ちむかうのは、愚の骨頂である。しかし、新世代を理解しようとして、すり寄るのはもっといけない。どうすればいいか。

無視して不良オヤジになる。

これしか道はない。ユイガドクソン、わが道をいけばよい。新妖怪が新世紀へ立ちむかうように、不良オヤジは未知の荒野へ立ちむかう。ムカシの不良オヤジは、みな、それをやってきた。五十歳からの新たな旅立ちだ。

不良オヤジは放浪する。妻から離れ、子らと別れて、寝袋ひとつで旅に出る。そのためには、妻に依存する生活態度を改める。パンツの洗濯なんて自分でできる。料理だって自分でできる。このふたつができれば、どこへ行ったって、こわいものはない。頓着《とんちゃく》せずに自分の生き方を選ぶ。

会社勤めのサラリーマンは、そういつも休みはとれない。それでも、どうにか休みをひねり出し、一人旅の練習をしておく。たまの長期休暇には、まちがっても家族旅行をしてはいけない。うるさい妻はおいておけ。そのほうが妻は喜び、妻は妻で好きなようにやればよい。

世間には、歳をとっても仲の良い夫婦がいる。それはそれで、天然記念物的な存在だから、お好きなようになさればいい。こういうオヤジは、永遠に不良オヤジにはなれず、それでいいと思っている。

ぼくは離婚をすすめているわけではない。理想的な夫婦は、互いに自立しつつ生活すればいいのだ。妻は妻で旅をし、オヤジはオヤジで旅をする。五十代夫婦は、月に五、六回顔をあわせれば十分だ。それ以上一緒にいるとケンカになる。夫婦ゲンカは犬も食わないというが、そんなものを食う動物なんて、どこにもいない。猫も食わない、鶏も食わない、ノミもシラミもモグラも食わない。

放浪こそが不良オヤジの特権である。そのためには、五十歳になったら背広の似合わぬ男となれ。男のグラビア雑誌に、「五十代の背広」というページがあるが、あんなものにふりまわされていたのでは、いつまでたっても不良オヤジにはなれません。

思い出してごらんなさい。中学生時代、服にばかりこだわる不良に、ロクなのはいなかった。服にこだわるのは非行のはじまりだ。不良はナカミで勝負する。不良オヤジは、背広なんて一着か二着あれば十分だ。ネクタイは三本あればいい。できればネクタイなんか捨てればいい。ネクタイをはずした瞬間から不良の道が始まる。

とまあ不良オヤジの条件を考えていくと、思いはチヂに乱れ、いったい、どういう基準がいいのかと迷ってしまう。高校の同級生である不動産会社社長にネクタイについての自論を話すと、「不良オヤジにネクタイは不可欠だ」と反論された。「ネクタイをしめていないオヤジは、長髪白髪信仰と同質の甘えがある」と。

「五十歳をすぎたら、貧乏くさいナリはみっともない。若いころは安物のシャツでも似合うが、年をとると安物の服は哀れである。みなりに年相応の高級品をつけてこそ不良であり、ノーネクタイ組がくどけるのは、せいぜい新宿三丁目のお姉ちゃんだ」

と、とくとくと話されると、こちらの言い分も腰くだけになる。その社長は十五年つきあってきた愛人と別れた、と自慢した。「これからは妻と仲良く老後をすごす」というから、「本気かよ」と聞きなおしたら、「タテマエだけだ」と本音をいった。

不良オヤジになる意志はみな同じだが、その基準は人によってさまざまである。それでぼくは、知りあいの中年男十八人を集めて、「不良中年行動規範研究会」（略称・不中研）を作った。なんでも研究会を作って研究してしまうのがオヤジの特質だ。

第一回の会合では、「恋人として理想的な女性の年齢」が話題となった。不良オヤジは、どうしても、そっちのほうが気になるらしい。援助交際をやっている酒屋主人のたっての希望で、第二回目の会合では、「妻に秘密で作る年額貯金」も算出した。医師の申し出により「好ましい年間の性交回数」も検討した。ただし、これは妻以外の女性を相手とした場合である。

不中研のめんめんは、それぞれが深刻な問題をかかえているのであった。妻からみれば「バカラシイ」と吐きすてられるだろうが、不良オヤジにとってみれば、けっこう深刻な問題なのであった。こんなことを他人に相談するわけにはいかない。はたして他の不良オヤジは、どれくらいが適正であると考えているのか。医者はそのことを知りたいようであった。

白熱の議論が続出し、なかなか数式は作りにくい。こういうことは年齢差もあるうえ、男の年収によってもちがう。また、メンバーの税理士は、「恋人は不良オヤジの条件ではない。私はもっとヒョウヒョウとした不良オヤジになりたい」と主張した。それも一理ある。ぼくも、基本的には、この税理士の意見にちかい。これらの点は第7章に紹介しておいた。識者の御意見をうかがいたいところだ。

この本にまとめたのは、不中研において、不良オヤジの実態を講義したものである。ぼくじしんの経験談と不良オヤジの先人の記録を、思いつくままに講義した。本に発表するのは気恥ずかしいが、こんなことを考えるのも不良オヤジの出来心と思っていただきたい。

①

みんな不良になろうじゃないか

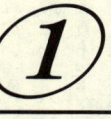

五十にして惑う

ぼくは五十五歳になりました。

大学生のころは高度成長期が終わりつつあり、「人生わずか五十年、どうせやるなら、でっかいことやろうぜ」という歌がなかばヤケ気味ではやりまして、みんな、でっかいことなんかやれっこない、と半分あきらめつつも、運がよければ「会社で課長か部長ぐらいにはなれるかもしれない」という希望で、なんとなく生きてきた。

今年五十歳になる人は、昭和二十五年生まれで、つまり戦後五十年を生きてきたことになります。戦後五十年の生き証人として、激動の昭和戦士とおだてられつつ無視されているわけですが、「じゃ、オレたちはなんなんだ」と問われれば、なんにも中味はなくて、ただただお人好しで、律儀で、権力にさからわず、かりにさからったとしても、デモ隊にまぎれて大学フンサイと叫んだくらいが関の山で、会社へ戻れば物わかりのいい中年男としてふるまい、満員電車にもまれて家へ帰れば無愛想な妻がふてくされて、飲んで帰るときはオヤジ狩りにおびえ、子どもたちは父を父として遇《ぐう》さず、やれハゲ、デブ、チビとか前世紀の遺物として無視される。

妻の情報は、昼のワイドショーのききかじりか、ちかごろ流行の女性自立論か、新聞日曜コラムのうけうりで、子にむかって「わたしはね、お父さんなんかと結婚しなけりゃ、いまごろ、女性評論家か実業家か市会議員にはなってたわ」というしまつだ。どうして女性評論家が出てくるのかわからぬが、自分でそう信じているんだから仕方がない。

ようするに、妻が本来的に持っていた社会的能力を、無能な夫が圧殺したという結論になる。それほどいうのならば「おやりになればよかったのに」と、夫はテレビや雑誌で見覚えのある女性たちを頭にうかべて、妻の能力を開発できなかった自己を反省する。どの女性も自分の妻よりも優秀そうだが、そのぶん性格も悪そうで、そんなのと結婚してたら、ますます五十男は立場がない。それを思うと、いまの妻でよかったのだ、とあきらめて、妻の愚痴、不満、市民運動論、教育論をききながら、冷めた味噌汁をすするのだ。

ガマンは止めよう

息子は二階の自室でテレビゲームに熱中して、妻から「なにかいって下さいよ、父親なら父親らしく」とけしかけられて、「オイコラ」と叱りに行くと、「母さんにいわれてきたな」と逆襲される。「そうじゃない、自分の意志で叱りにきた」と、つい声を荒らげると、いつのまにか妻も横にきており、「大声を出せばいいというものではない」と、叱りかたに注文をつけられる。

妻が夫をバカにしているから、子が父のいうことを聞くはずがない。妻の気分が子にうつっている。それで、妻に「おまえがオレをバカにするから、子になめられるんだ。オレをないがしろにするからだァ」とつい、日ごろの怨《うら》みを口にする。妻は「おまえとはなによォ」といどみかかる。いつのまにか夫婦ゲンカになり、子は「夫婦ゲンカのやつあたりをオレにするなよな」といいかえす。

そういうとき、オヤジはプイとふてくされて、プロ野球ニュースに見入るのである。「あんただってテレビばかり見てんじゃないの。いつもはテレビの悪口ばかりいってるくせに」妻のおいうち発言を聞かぬふりして、冷えすぎて泡のたたぬビールを飲む。

こういうとき、男は、会社のことを考えているのである。会社は会社で腹がたつことばかりだ。その日も部下に嫌味をいわれた。そんな社員はクビにしてやる、という気になったが、部下は部下で長女の登校拒否という家庭問題をかかえており、それにくらべりゃ、まだましだという気がある。それに、わずかながら自分に同調する仲間や部下もいるし、会社からの収入が一家を支えていることを考えれば、あまり自分勝手にはできない。

会社の役職というものがクセモノで、長がつく人を偉いと思う者なんて一人もいない。人はシステムの命令をきくのであって役職者の人間性に従っているわけではない。若い社員は上昇志向をバカにしており、むしろ出世しない年長者に従う風がある。

会社で孤絶感を痛感した五十男は、「家族のため」と自分にいいきかせてガマンし、その家族のなかでバカにされたときに、哀れにも、ありもしない社会的存在の自分を夢想して、あやうく虚構のバランスを保つのである。

死んじまったほうがましだァ、とトイレで小便しつつ一人言をいう。

こういうときに五十男は、どうすればいいか。そうです。グレちゃえばいいのである。不良になればいいのである。

花売り娘にダマされて

思えば、ぼくらは、焼け跡のなかで、みんな不良少年だった。ヤクザやチンピラはゴロゴロいたし、進駐軍の兵隊たちがのし歩き、闇屋がカッポし、発疹チフスがはやって頭からDDTをかけられ、豚の餌だった脂の浮いたミルクを飲み「リンゴの歌」にはげまされて育ったのである。なにがこわいものか。

それがいつのまにか高度成長になり、アメリカを追いこし、英会話も一人前にこなすようになり、海外旅行にも慣れ、ざまあみやがれとアメリカに復讐《ふくしゅう》した気分になったところで、円高の波をくらって、もとのもくあみだ。気がついて鏡を見たら、ハゲデブチビの自分がいた。

足もとを見すかされ、ようするに、戦後民主主義のモルモットにすぎず、「一生懸命働けば、むくわれる」というおめでたい半生をおくってきた。

明治、大正、昭和初期までは不良がいた。みんな自分のことしか考えない。いまの学生はおりこうさんだが、実態はロクなもんじゃない。こいつらも自分のことしか考えていない。明治、大正、昭和初期の不良と、いまの若僧不良は質が違うが、五十歳すぎたお父さんたちは、昔の反骨からもいまの軟骨からもなめられるのだ。

五十歳を過ぎると、男は防御に入る。それまでガンガンやってきた人でも、かどがとれて、酸《す》いも甘いも噛《か》みわけた気になるが、それは、五十歳を過ぎた自分を演じているだけで、本当の自分ではない。

たとえば、女である。いい女が近寄ってきて、「おッ、こいつとデキるかな」とオヤジは長年の勘からわかるのだが、「うっかり手を出すと、社会的地位が危くなる」と尻ごみして、すっかり物わかりのいいジジイとなり、品よくふるまって、あとで後悔する。そのくせ『失楽園』はむさぼるように読んで、バーのママ相手に、「あれはあそこんとこが、ちょっと違う」と、いっぱしの色事師《いろごとし》ふうに分析して、バカにされる。

まあ、これは、それでいい場合もあり、ノーベル賞を設立した富豪ノーベルは、ウィーンの貧しい花売り娘に惚れこんで、さんざん貢いだあげく脅迫された。純真な花売り娘は、ノーベルの死後まで財団にたかった。

詩人のハイネはパリの靴屋の娘をひきとったが、娘の思いあがりにひきずりまわされて苦しみぬき、マルクスは家政婦に手を出して男の子を生ませ、脅迫されて、エンゲルスにさんざん世話になった。偉いオヤジは女で苦労してきた。うっかり情にほだされて恋におちると大変なめにあう。ヘーゲルは家主の夫人に手をつけ、子を生ませて法外な手切れ金を要求された。

こういった例は枚挙にいとまがなく、ゲーテだって造花の女工を妻にしたものの、妻はゲーテに資産があるのをいいことに、妹、伯母、兄まで呼びよせて一緒に暮らして、ゲーテは家をとび出した。

可愛い娘ほど、家にいついた化け猫になる。ならば化け猫の妻とそいとげれば安全だろうが、八十二歳のトルストイは、四十八年間の結婚生活ののち絶望し、妻に別れの手紙を書いて旅に出て、数日後にのたれ死んだ。タイミングを逸するとろくなことはない。

不良の恋愛は対等だ

財産がある男は悪女にねらわれる。しかし、われわれ五十歳すぎのおとっつぁん族は財産なんてないから、ノーベルみたいに脅迫される心配はない。こういった財産家や思想の大家は、もともと自分が他人より優れているという過信があり、自分が上位にたって恋をするからこういうことになる。あわれみをかけるように恋をして、しっぺがえしをくう。会社の部長が、部下の独身女性と不倫関係になり、家庭破壊におちいるのもこの典型である。不倫するなら上役の奥さんを口説くのが不良というものだ。

不良にとって恋愛は対等である。

だから女が強くなり、自立すればするほど不良の出る幕がふえる。男が不良なら、女も不良だ。不良どうしの恋ならば、他人からどうといわれるすじあいはない。どっちみち、ろくなもんじゃない。

永井荷風は三十歳で慶応義塾の教授となったが、新橋の芸者八重次と交情を深め、そのことを教授会で批判されてもいっこうに意に介さなかった。三十歳までの相手は、富松という芸者だった。荷風は、生涯に何人もの女と関係を持ち、そのうちの数人の名は日記『断腸亭日乗』に実名で出てくる。女と別れるときは、弁護士を介すのが荷風流であった。荷風はプロの女性を相手にしたから弁護士を入れた。芸者富松とは、おたがいの二の腕に名を彫りあったほどの仲だったが、富松に旦那ができたため、荷風が身をひいた。そのつぎの女八重次はのちの舞踊家藤蔭静枝である。八重次との耽溺《たんでき》のなかで『新橋夜話』が生まれた。

芸者屋へは入りびたったものの、荷風は慶応義塾で六年間の授業を一回たりとも休講しなかった。この授業から、佐藤春夫、堀口大学、久保田万太郎が出た。こういう凄腕の不良教授は、いまの大学にはいなくなった。大学教授もサラリーマン化して、破格の人物を嫌う傾向がある。

荷風は、八重次とも別れ、麻布偏奇館にたてこもり、五十歳のとき、九段の芸者お歌を身請けして、待合「幾代」を経営させた。『四畳半襖の下張』は、お歌がモデルだといわれている。

一代の蕩児《とうじ》荷風は、最後は、破れ畳の上で、だれにも見とられずに死んだ。それが、不良老人荷風の面目である。荷風は、女から女へと渡りつつも、その都度、女に全力で対している。出会いはいいかげんで、女たらしであることに違いはない。荷風の不良性をささえたのは、自分勝手な強烈なエゴイズムである。

まず会社を辞めるべし

愛と尊敬のない家庭なんて捨ててしまえ。妻は夫を単なる集金オヤジとしか考えず、子は父を牙《きば》のない扶養者として侮辱し、社の若僧たちは、使い捨ての旧式消耗品戦士として見ている。そして悲しいことに、かんじんの五十男たちは、お互いに、「去勢されたオス軍団」としての自覚のなかに、ひたすら無為の日々をすごすのだ。

まず、最初にやることは会社を辞めることだ。給料が入らなくなったら、家族も一緒に路頭に迷ってもらう。「そんなお父さんと暮らしたくない」といわれれば、かまいやしないから家族なんか別れてしまいなさい。妻は妻、子は子で勝手に生きてもらう。

家のローンなんか払わなくていい。ローンを払うために男は生きているんじゃないのだ。定年までローンを払いつづけて、四十坪の建て売り住宅を手に入れて、それがなんだというのだ。子が大学に入学したって、それがなんなのだ。自分が勉強するわけじゃない。大学に入った子は、いろいろと親が知らない知識を身につけて、その結果、親の無知を嘲笑するようになる。さらに会社に入ってぜいたくを覚えれば、親の貧乏を恥だと思う。子が思う親の恩なんてものは、親が期待しているだけで、子はなんとも思わない。

「おまえが大学に入れたのは、わたしが塾の費用を払い、予備校の授業料を払ってやったからだ」と親がいえば、子はせせら笑うだろう。子は、教育費を捻出《ねんしゅつ》するために、親がいかに苦労したかを知らない。

血のつながった子でさえそうなのだから、妻がそれ以上の理解をするはずがない。妻にあるのは、つねに夫への不満である。年収一千万円の夫に対し、妻は、感謝するどころか、「なぜ二千万円にならぬのか」と嘆く。年収一億円の夫へは「税務署に応対するのは、ほとほと疲れた」と愚痴をいう。年収十億ならば、「人は金銭だけで生きているのではない」とコーシャクする。働きすぎて倒れれば「ほら、私のいうことをきかないから、そうなるのだ」という。夫が太れば「デブは嫌いだ」とバカにし、やせれば「ちょいとアンタ、エイズじゃないの」と嫌味をいう。ようするになにをやったって、五十男はなめられるのである。

こうなったら不良になるしかないのだ。

女に嫌われる快感

ぼくの例をいいます。

ぼくは三十六歳で雑誌編集長になった。出版社だから中小企業で、役職は課長扱いであった。それでも、総務部長に呼ばれて、「わが社はじまって以来の若い職制だ」といわれた。ぼくは大いに身をひきしめ、しぶい背広三着とネクタイを新調し、それまでの不良性を改めて、自分なりにしっかりした社会人になろうと努力した。出版社だから、他の企業にくらべれば、服装も勤務時間もかなり自由だ。そんな環境のなかで、銀行員のような服装になるのは一定の決意があった。編集長になると、広告スポンサーを廻ったり、書店の会合に出たり、出版業界の集まりに顔を出すようになった。

このとき、ぼくははじめて不良の快感を味わった。不良の条件は、まず、分不相応に、

①バケること

から始まった。ここにおいて、ぼくは自分をだます味を覚えたのであった。地味なスーツに身を包み、いつもニコニコして、決して怒らず、他人より一・五倍努力して、そのぶん偉そうにふるまい、努力を人に見せないようになった。じつになさけない状態でありつつ

も、そのなかに身を置く被虐性《ひぎやく》が、不良に通じる快楽であったのだ。

そのうち、社の同僚から「おまえ、変わったな」といわれるようになった。「昔のように気を許せない」「自分だけカッコつけている」「独善的だ」「自己中心的エゴイスト」「ハイヤーの使いすぎ」「能力を過信している」といわれた。

そのあげく、かたっぱしから、

②女に嫌われる

ようになった。

これが不思議と不良の快感なのであった。もともと女にはもてなかったが、さらにもてなくなった。しかし、他人にアッといわれるような女には好かれたのである。名をなしている美貌の女性であった。「まさかオレなんかを相手にしないだろう」と思っていた女性で、自分の不良レベルがひとつあがったように感じた。

そのうち、会社が人員整理をして、三十八歳で会社を辞めた。ぼくは職制の末端であったので、責任をとった。女も離れていった。女は、雑誌編集長としてのぼくに好意をよせていただけで、ぼく個人に好意をよせていたのではない。まあ、それは当然のことだが、当然のことを経験するのも不良の修行になる。

コジキになってみた

③**会社を辞める**

ここが不良のはじまりである。社会的規制はなくなるし、朝は会社に行かなくていいし、ステテコ一枚で近所は歩けるし、こわいものはなんにもない。ただ収入がなくなるのが困った。おおかたのサラリーマンは、この理由で会社を辞められない。しかし、金がないというのは、やってみると、それほどどうということはない。いまどき行き倒れで死んだという話は聞いたことがない。いざとなれば生活保護をうければいい。

職安にも行ったが、見栄をはって、ハイヤーで行き来したので、まともに相談にはのってもらえなかった。当時（十九年前）のぼくの年収は八百万円でそんな金を払う会社はどこにもなかった。それで、

④**コジキ**

をした。コジキといったって、物乞いをするわけではない。警察用語でいう住所不定者で、ぞくに浮浪者という。ぼくらの世代はヒッピーをやっているから、べつに異和感はなかった。以前からやりたいと思っていたのでいい機会だった。

新橋のガード下に坐《すわ》って一日中寝ていると、こんなにいい気分はなかった。このときも、

不良の根性をみがいたような気になった。世間の常識を裏側からながめると、それまで見えないものが見えてきた。それでも一年たつとあきてしまって、

⑤再就職

をした。前の会社を辞めた連中七人と一緒に、スーパーの八百屋の二階に出版社を作った。どういう肩書にしようかと迷ったが、常務というのをやってみたかったから、常務取締役編集長とした。自分できめるからなんだっていいのだ。このときは、不良の再起という意識があった。三十九歳で常務の肩書は、青年実業家ではないか。それで、妻に「オレは本日から青年実業家だア」と自慢したら「青年実業家というのはヤクザのことだ」とたしなめられた。

そのうち、ひょんなことから、雑誌の宣伝をするために、

⑥テレビに出た

テレビに出ると、会社の下の八百屋がビックリして、急に「先生」というようになった。トマトなんかひとつおまけしてくれるようになった。焼き鳥屋で色紙にサインすると、ビール一本おまけしてくれた。すると妙なもので、「オレはもともとセンセイだ」と錯覚するようになった。ぼくは、またまた化けたのである。

さらにびっくりしたのは、それまで、ぼくの仲間で、世の中の余り者といわれていた友人が、ことごとく有名になってしまった。それも二人や三人ではない、十人二十人三十人とつ

ぎつぎと化けていく。ぼくは自分のことはタナにあげて、ひたすら、びっくりした。テレビのディレクターは、ぼくがテレビカメラの前に立つと、小声で「ニコニコ、ニコニコ」と注意してくれた。ガラが悪いことがバレるのを気づかってくれたのである。

四十三歳のとき、税金を払うときになって、税理士が、「今年の年収は一億円をこえました」といった。税金をドーンと持っていかれて、金を得た実感はなかったが、つい三年前までガード下でゴロゴロしていた身からすると、嘘のようであった。このときは、「さあ、不良をするぞ」と決意して遊びまくった。

年収一億円時代は三年間つづいて、その間に、ぼくは、旅行をして使いまくった。年に七回は海外旅行をして、ヒコーキはファースト・クラスで、泊るホテルは五ツ星のスイート・ルームで、シャンペンは最高級で、このときは不良の愉《たの》しみを十分に味わった。

しかし、いくらでも金が使えて、やりたい放題の不良は、いまひとつピンとこない。コジキをしていたころののんびりした快感や、会社をはじめたころのヒリヒリした、ツーンとくる不良感が薄いのであった。そのころ、

⑦吐血した

遊びすぎがたたったのである。自宅で吐血して、貧血状態となって失神し、救急車ではこばれて、気がついたら病院のベッドの上だった。朝、毎、読の新聞記事にのった。吐血したぐらいで新聞記事になるのだから「大したもんだ」と主治医におだてられ、このときも「オ

レは不良だ」と自信がわいた。

胃にバカでかい穴があいていた。

なんでも他人に自慢したくなる性分で、見舞いにきた客に、「もう少しで死ぬところだった」と威張った。入院三日後に、しきりにタバコが吸いたくなり、看護婦の一人に甘いコトバをかけて、看護婦の個室でタバコを吸った。胃にギリッとしみたタバコだった。

株でスッカラカン

入院中は暇をもてあます。三度の食事だけがたのしみで、あとは血便の検査やら、注射やら胃カメラやらの日々だ。

そのうち新聞の株式欄に目がいって、妻に預金残高をきくと三千万円だと知って、その金を全部おろさせて、株を買った。病院にいて、意識がマッサラになると勘がさえわたる。病院の公衆電話から株屋へ電話をして、株を注文した。歩きながらも点滴をしていた。点滴の台をガラガラひっぱりながら電話をするのである。このときは、不良か不良でないかなんて、もうどうでもいい。刺激だけがほしいのだ。それに金もほしい。退院するときは三千万円が八千万円に増えていた。

こうなると、シコシコ仕事をするのがいやになる。連日株式欄ばかり見てくらし、たまに原稿は書くが、いっさいの仕事は断った。

⑧テレビに出なくなった

しょっちゅうテレビに出ていた者が、テレビに出なくなるのは不良なのである。なんだかわからぬがその傾向がある。独身中年女性をだましたり、詐欺をしたりする人で、かつてテレビに出て、ちょっと顔を知られた人がいるのは、そのためである。

この年、ぼくの年収は五百万円だった。そのかわり、株で儲《もう》けて軽井沢に別荘を買った。ここらあたりまでが、やり放題だった。しかし、そのあとがいけない。

株が暴落して大損した人はゴマンといて、ぼくは「ざまみやがれ」と拍手カッサイしたが、じつは自分もスッカラカンになった。気がついてみたら、会社を辞めたときと、同じ経済状態だ。家計は火のクルマで、こういうときは、メラメラと遊び志向が働いて、バイクにこりだした。

⑨バイク乗りになる

これは、十六歳のときからあこがれていた夢だった。高校時代の不良先駆者は、すでにそのころからバイクに乗って、好き放題をやっていた。だけど、ぼくは遊びに遅れてきた中年なので、やりそこねていた。

中津川へツーリングに行き、環七をぶっとばしてアンちゃんたちの喝采をあびると、こんなに楽しいことをなぜやらなかったのか、と、不良へのあこがれはますますつのった。

このまま中年ライダーとなって、テキドに原稿を書いて、テレビにもときどき出て、一生を終えれば、ぼくは、まあ普通の人よりはちょっと不良ということですんだ。

ぼくがめざす不良は、刑務所に入るような本格的な犯罪者ではない。だいいち、そんな勇気はない。ぼくは、正常な社会人である。フツーに暮らせればいい。フツーに暮らしながらも、世間のルールにはめられて、おしきせの一生をすごすのが嫌なだけである。ちょっと不良になればいい。

こう思って生きているうちに、

⑩ビンボー

になった。ビンボーは不良をつくり出す背景にはなるけれども、必要条件ではない。一度ぜいたくを覚えると、ビンボーもまた面倒くさい。そう決意して、また働き出したら、翌年は、三千万円の収入にしかならなかった。まあこんなものだろうとたかをくくっているとき、湧川のモトクロスのレースに出て骨折した。それで、また働くのが嫌になり、ブラブラしているうちに、妻はまったく、ぼくを信用しなくなった。

⑪スキューバ・ダイビング

にこったのはその翌年で、サイパンの海でフカに食われそうになって、やめた。

五十歳になったとき、もう、ムキになって金をかせぐことはない、と決意した。

色川武大のエッセイに、「五十歳になったらなにをやってもいい」と書いてあるのを見て、

「これだ、これだ」と気がついた。色川さんは、五十歳記念として、かたっぱしから女に子を産ませてやろうと遊びまくったという。ぼくは、女性にはもてないので、そんなことはできないが、本当に自分本位に生きるのはこれからで、なにをやったっていいのだ。五十歳になって気がついたのは、五十歳という年齢が、こんなに自分をもてあますものかということだ。本当の成人は五十歳からではないだろうか。二十歳になった連中が、「さあこれからやるぞ」という決意を燃やす以上に、五十歳のほうが、やりたいことだらけである。

五十歳なんて偉くない

ぼくは、三十八歳で会社を辞めたときに、「五十歳が勝負だ」と決意していた。会社を辞める不安から、十二年後の自分を想定してそう力んだのだが、いざ五十歳になってみると、そういった意気ごみは忘れてしまって、ひたすら不良になって、わがまま放題に暮らそう、という気になった。

五十歳なんてゼンゼン偉くない。少しも成長していない。いささかも人格者ではない。まるで物わかりはよくない。世間のリーダーでもなければ、有識者でもないけど、肉体的に劣るわけではない。そういった概念は、五十歳になる以前の人がバクゼンと考えていた幻想にすぎない。五十歳になってみれば、このことがヨークわかるのである。

五十歳になったとき、ぼくはメキシコへ行き、死者の祭りを見た。墓地のガイコツと遊びたわむれる祭祀《さいし》である。さらにミイラ館で幾百のミイラと対面した。干からびたペニスが股間からぶらさがっている様相は、人間は「歩く玩具である」ことを明確に示していた。色事師も詐欺師も宣教師も哲学者も、ミイラとなれば、肉体を玩具として遊びつくした結果の遺物にすぎない。

肉体は滅んでも精神はリレーされる。哲学者が次代の哲学者へ精神をリレーするのと同じように、不良は、不良の精神をリレーして生きればいい。さしあたってぼくがうけとったリレーのバトンは画家のゴーギャンからである。

ゴーギャンが証券取引所の安定した仕事を放棄して、ある日突然「画家になる」といいだしたとき、ゴーギャンの妻は、「夫の頭がどうにかなった」と荒れ狂った。それは、ゴーギャンに絵の素養などまるでなかったからである。ゴーギャンの絵はまるで売れず、ゴーギャンは妻と別居し、タヒチへ渡った。タヒチ島へ行くと、ゴーギャンの孫と称する男が観光のコジキをしている。おそらくホラだろうが、観光のコジキにまで「祖父はゴーギャンだ」と自慢させる男こそが不良のカガミである。

また、晩年のヘミングウェイは、酒ばかり飲むアル中の日々で、いささかも冒険家ではなかったという。これだってズキズキするほどの不良老人で、ぼくはおおいに見習いたいと尊敬している。

②

老いては色欲にしたがえ

ハイジャック犯の欠点

ずいぶん前の話だが、ドライバー一本の全日空ハイジャック犯は、不良という観点から見ますと、出所後、浅草の焼き鳥屋にお誘いして、一杯おごりたいような怪人物である。

そりゃ、ハイジャックして、けっこう日本中を不安におとしいれたのだから、外国なら射殺されてもおかしくないだろうが、深夜テレビを見ていてハラハラドキドキしていた視聴者は、べつに被害者ではない。むしろ、面白い活劇をタダで見させてもらったと感謝しなきゃいけない。

警察は男をあげるし、なにも決断できなかった総理大臣はニンマリ笑い、テレビ局は視聴率を稼いで、ケガした乗客もほとんどいない。

なにより世間を驚かせたのは、犯人が五十三歳ということで、五十男はやろうと思えば、ジャンボジェット機をハイジャックできるんだということを世間に示した。ドライバー一本で三百六十四人を十六時間も閉じ込めた腕力はたいしたもので、トレンディの「オウム」と「エイズ」を犯行の動機にからめるしたたかさは、たいした腕じゃありませんか。

あとになって、犯人は、本宅のほかに、元銀座クラブママと四歳の娘がいる二重生活者であったことがばれ、いっそう世間のヒンシュクを買ったが、世間のヒンシュクというものの実態は嫉妬心でありますから、そこのところも不良という視点からは評価されていい。まことに気合いの入った不良でした。

銀座のママに、じつの子ではない子を「あんたの子だ」といわれて、その気になって出産させる人の好さも、不良の一途さです。

ハイジャックさえやらなければ、このオヤジは、並の不良として一生をまっとうしたんだろうが、ただひとつの欠点は、ひがみっぽい性格である。

勤めていた東洋信託銀行にひがんだのか、本妻にひがんだのかは不明だが、犯行の動機が、なにかに対してひがんでいた様子が見られる。

五十歳すぎての不良は、ひがんではいけません。不良ってのは前向きにやらなければだめで、ひがんだり、ひねくれたり、家族の情に流されるのなら、不良になるのは無理である。

浮気がバレる理由

不倫や愛欲への耽溺は不良のはじまりで、それはあくまで自分の性向がそうであることを自覚して、すべて自分から出た問題であることを悟らなければなりません。

愛人を作ることは、五十歳すぎた男のほとんどすべての願望だ。できることならだれだってやりたい。やりたいけれどできないのは、妻がこわいからであり、社会的信用をなくすからであり、金がかかるからだ。しかしそれ以上にむずかしいのは、五十男にそれだけの男性的魅力があるかどうかで、いくら力んでみても相手がいなけりゃ、不倫も離婚も成立しない。

男の不倫に対して、女性評論家は口を極めて批判するけれども、不倫というのは相手あって成立するもので、つまり不倫をしたくてうずうずしている女性だっていっぱいいるのですね。不倫を、男社会の害悪だと主張する女性は、女性の主体性を無視し、女性を最初から弱者ときめつけ、いっさいの不倫を男が仕掛けた犯罪と思っているふしがある。

ふざけちゃいけない。

色欲は男も女もフィフティ・フィフティです。いまの世の中、女は弱くない。女だって、いい男はいないかと目の色変えて捜しているじゃないの。どっちもどっちで、これは、べつに悪いことでもなんでもない。すべての矛盾は一夫一婦制というシステムに起因しており、男も女も、いつも同じ相手ではあきてくる。それだけのことである。なかには、長年つれそってもあきない仲のいい夫婦もおり、あるいはあきたけれどもなりゆきで別れない夫婦もあり、それはそれでけっこうです。しかし、生涯仲のいい夫婦なんてのは奇跡的に少なく、ぼくにいわせりゃ無理してる。

それで世の中は、右も左も不倫不倫のご時世となったが、男がよくないのは、自分が不倫する原因を妻だの社会的制約のせいにする。これは、気持はわかるけど、期待される不良のすることではない。妻のほかに愛人を作るのは、基本的には「悪いこと」であって、その罪悪感を正当化するために妻を悪くいいたがる。愛人ができると、男は家庭で不機嫌になる。それで浮気がバレてしまう。こらえしょうがない。

聖子、しのぶを見習え

いま、ぼくが、つくづくいい女だなあ、と崇拝している女性は松田聖子と大竹しのぶです。スキャンダルにまみれたハリウッド・スターのティナ・ターナーもいい。松田聖子は、夫と子がいてママドルと呼ばれながらも、外国人の若い坊やとスキャンダルをおこして、暴露本まで書かれ、なおシャアシャアと生き、若い歯科整形のアンちゃんと再婚した。スキャンダルがダメージにならずに、むしろ松田聖子という女性の勲章になっている。大竹しのぶは、最初は女優の中村晃子から略奪婚した夫をガンで失い、子づれでさんまと結婚したかと思うとすぐに離婚して、劇作家の野田秀樹と同居し、野田とも別れてしまった。たいしたものです。女としての力があるから、これだけできる。

この二人に共通するのは、色恋が前向きであることで、自分の不幸に対してひねくれたりしない。ひとりの男がダメなら、もっといい男をさがす。

オッペケペ節の川上音二郎の妻である貞奴《さだやっこ》は、その後福沢桃介と浮名を流した。桃介は福沢諭吉の次女と結婚して、電力界の草分けとなった実業家で、音二郎が亡くなると、貞奴は、桃介に面倒を見てもらった。

築地料亭の女将《おかみ》が亡くなった葬儀の席のこと。山下汽船の社長山下亀三郎が、いたずら心をおこして、貞奴の背に「福沢桃介所有品」と書いた紙を貼りつけた。貞奴は、それを知らずに焼香してから人に教えられて気がつき、山下に「誰の所有品だってとやかくいわれることはありません。あんたのような成金に世話になったことがありますか」と怒りまくった。その怒りは、尋常ではなく、だれがとめに入ってもおさまるものではなかった。

山下の行動は、いまでいうセクハラ行為で、いたずら心が半分と、貞奴に対する嫉妬心が半分ある。時代の人気者である貞奴をこらしめてやろうという悪意もある。貞奴が怒るのは当然だが、音二郎と海外遠征までしたブランド女性の貞奴にしてみれば「所有品」と書かれたことが許せなかった。女は男の所有品ではない。貞奴は男に金を出してもらっても所有されるという意識はありません。

五十男を出会いが変える

竹久夢二と同棲した山田順子は、弁護士の夫と離婚したばかりの恋多き女で、ジャーナリストからは娼婦のような素人女といわれた。さらに順子は夢二にお葉という本命の恋人がいるのを知ると、さっさと徳田秋声のもとへくらがえした。徳田秋声の小説『仮装人物』は山田順子をモデルにしたもので、順子は「赤い花弁に似た薄いうけ唇」の秋田美人と書かれている。五十五歳の秋声は、三十歳も年下の順子に夢中になった。

このときも新聞は「愛のなやみの順子さん、秋声氏と結婚のうわさ」と書きたて、老大家秋声を嘲笑した。五十五歳にして、三十歳下の元人妻にうつつをぬかす秋声を、世間はなさけない男だとからかった。

順子は秋声との関係をもちつづけながらも慶大生と恋愛事件をおこしたり、評論家の勝本清一郎と半年間同棲して、また、秋声のもとに帰ってきたりする。

順子は、その多彩な恋愛遍歴から、魔性の女と嫌われたが、では、秋声と順子を冷やかし、からかい半分で記事を書いていた新聞記者や雑誌記者が、しごく健全な日常生活をおくっていたかというと、それは疑問だ。記者は、健全なる読者が喜ぶような記事を書くのが商売で、たてまえ上、世間の通念を旗印にするが、実生活は秋声と似たようなことをやっている。不良を糾弾するのもまた不良の仕事という困った事情がある。

世間になんといわれようが、順子は好きなように生きたし、秋声も社会的面目を捨てて順子との恋に応えようとした。順子と秋声の気持ちのなかには、他のだれも入ることはできない。紅葉門下で自然主義文学の大家として名をなしていた秋声は、順子というとんでもない不良女の出現で、自らのうちにひそんでいた不良性をよび戻したのです。五十歳をすぎたら、とびきりの不良女に出会うことが、期待される不良のはじまりです。

やもめ暮らしの中山義秀と結婚して、のち離婚した真杉静枝は、それ以前は三歳下の新進作家中村地平と同棲しており、さらにそれ以前は武者小路実篤と浮名を流した。石川達三は小説『花の浮草』で静枝のことをぼろくそに書き、「文壇内外や雑誌社、出版社の間で有名になったが、人間的な評価はきわめて悪かった」といっている。

しかし、武者小路に「お前がいなければ淋しくて死にそうだ」とまでいわせた静枝は、不良女の鑑《かがみ》で、くやしかったら、だれかにそこまでいわせてみなさい。男は、美貌と色欲だけで女のとりこになるのではない。武者小路は最初の妻と別れて、つぎの愛人と結婚したばかりのときに静枝に夢中になった。人道主義の親分みたいな人をここまで狂わせる静枝には、それだけの力があった。さらにいえば、自分の立場を悪くさせる恋愛にドーンと突入していった武者小路もたいした体力です。石川達三にとやかくいわれるすじあいはなく、石川達三にしたところで、他人の浮名を糾弾するひまがあったら自分の色恋にはげんだほうがよかった。

未婚を通した清純派女優の田中絹代は、松竹が若手女優として売り出そうとする前に新人監督の清水宏と同棲し、別れるときは、スッパダカで清水宏と立ち廻って、最後は座敷でオシッコをした。これも偉い。

その後、鈴木伝明と共演すれば伝明と恋におち、結城一朗と共演すれば一朗と浮名を流した。松竹の監督には五所平之助、小津安二郎という凄腕監督がそろっていて、監督から監督へ恋の遍歴をくり返し、そのうち溝口健二監督とも浮名を流した。恋をくり返しつつ決して結婚しようとしなかった田中絹代は、じつに見事な不良の清純派である。いい女はこれでなくちゃいけない。清純派を演じるということは、自分のなかに棲む不良性を飼いならして化けさせることなのです。

「姦通事件」は不良の鑑

不良とは良くないから不良という。

栄養がなければ栄養不良で、消化が悪ければ消化不良で、台風が来れば天候不良だ。菓子のパックには「不良品はとりかえます」と印刷してある。ろくなもんじゃない。だが、人間は生まれたときには不良も良品もあるわけがなく、オギャアとわめくただの赤ん坊だ。それがいつのまにか不良と良い人に分かれるのは、世間の通念に適応するかどうかという、その後の対応による。

世間には法律があるので、それは守らなければならぬ。道徳があるから見えざるルールに従わなければならない。義務教育があり、労働の義務、税金支払いの義務、子育て、近所づきあい、社会的責任、と数え出したらきりがない。それらの約束ごとをひとつひとつ学習していくのが人間社会だが、ときとしてそれらの規律に反する自分に出会う。その時どう対応するかで不良になるかどうかがきまるのです。

不良はなんらかのルールに違反することからはじまる。だから不良とは人間が本来の自分に戻る状況のことで、人間的行為をなそうとすると不良になる。

北原白秋は、隣家の人妻俊子と密通して、二十七歳のとき姦通《かんつう》罪で告訴され、市谷の未決監に収監された。白秋は『邪宗門』を出版して、詩人としての名を高めたときだったから、新聞はこのスキャンダル事件をとりあげて、激しく白秋を攻撃した。世にいう白秋の姦通事件です。

俊子の夫は国民新聞社写真部に勤めるセコい男で、愛人をつくって、俊子を虐待し、俊子は生傷がたえることがなかった。すらりと背が高い色白の美人である俊子に、白秋は同情して二人の仲は一気に高まっていく。この恋愛は、俊子のほうからしかけたふしがあり、まあ恋愛はどちらがさきにしかけたかは大した問題ではない。耽美的で悪魔主義の『邪宗門』でデビューした熱血の詩人白秋が、美貌の人妻にいい寄られれば、セロハンに火がついたように恋情は燃えあがっていく。

しかし白秋は、俊子の夫に脅迫されて金をせびられる。白秋の実家が金持ちだということを知った俊子の夫の計画的な脅迫だった。しかし白秋の実家は没落して金がなく、腹をたてた俊子の夫が告訴して、収監されたのです。

俊子の夫も不良だが、こういう不良は陰険な不良で、チンケなヤクザだ。セコい不良で、不良のカザカミにもおけない。この場合は、脅迫された白秋の不良性のほうがはるかに骨太で分厚い。

俊子は釈放後、白秋と結婚するが、わずか一年余りで離婚する。このあと白秋は二度の結婚をくりかえす。

二番目の妻章子《あやこ》は、清楚で、清貧に耐える野菊のような女性で、派手な俊子とは正反対の生活だった。ただし、章子との生活のなかで、白秋の詩作は低迷する。あんまりいい妻であると、作品に白秋本来の凄味がでない。悪魔主義に始まった白秋は、田舎にひっこみ田園詩人となり、章子の気丈さと衝突して離婚する。白秋と離別した章子は落ち着く家もなく、各地を転々としたあげく生家へ戻って狂死するが、そのへんの事情は、瀬戸内寂聴『ここ過ぎて』（「白秋と三人の妻」）に詳しいから、興味ある人はそちらを参考にして、男の恋情がいかに女を傷つけるかを知っていただきたい。この場合も、恋愛はおあいこである。章子はそういう白秋の魔性の魅力を慕って、そこに惚れ、自滅した。

よく、男と別れた女が「わたしの青春をあなたに奪われた」と口にするが、男にいわせれば「おれの青春こそ奪われた」ということになる。セックスしたぶん得した、と男も女も思わなくちゃいけない。金の問題は別で、別れるときは、財産があれば、すべて女に渡すのが不良の道とされ、まけてもらって半分にしてもらったっていいが、金でない部分、心の部分はおあいこだ。男だけが女から奪っているのではない。女だって男から奪っている。恋愛は、男と女の心の奪いあいだから、別れるときは、心の部分はそこでチャラである。不良女は、男から心を奪うという前むきの姿勢があり、別れるときに被害者意識を持たない。

「不良老人」康成の意地

永井荷風は、プロの女性を相手にして、別れるときは弁護士を介した。金を払って念書をとった。合理的で冷たいといわれるが、つぎからつぎへ女を渡り歩く荷風は、自分の性癖を知っていて、きちんと筋を通した。荷風の『断腸亭日乗』には、関係した女性十六人の名が出てくる。

八重次が、あとで荷風の『日乗』を読めば、ジェームス三木氏の元夫人のように、夫の恋日記を暴露してベストセラーにしたかもしれない。いや、そんなことを八重次はするはずもなく、ジェームス三木氏はまことに気の毒だったというほかはありません。

自分とセックスした女との記録を書きとめておきたいという願望は、男ならだれだって持つもので、ほとんどの男は面倒だから書き残さないだけである。荷風が書けば文学になり、ジェームス三木氏が書き残せば妻にばらされてスキャンダルになるという状況も、世間という化け物の嫉妬心がそうさせる。ジェームス三木氏の相手に有名歌手が多かったから、世間は、たちまち道徳とやらを持ち出した。

作家という商売は、自分の恥を売り物にするところに妙味があるようで、自分で常識はずれの不良をしておいて、その体験を赤裸々に告白すれば、世間は、よくぞそこまで書いたといって喝采する。

近松秋江がそうだった。親友の正宗白鳥は、秋江のことを「気のおけない、口の軽い、顔もだらりとゆるんだ男であったから、女の誰とでも親しくなれた」と評している。秋江は、きわめつきの軽薄で女にだらしなく、女に捨てられるなさけなさをめんめんと書いた。小説というより愚痴ですね。谷崎潤一郎は「情痴小説もここまでくれば一つの極致に達したものと言えよう」と評価している。

あるいは太宰治がそうだった。太宰の女へのだらしなさは、不良を賛美するぼくでさえ読んでいてあきれかえるが、色恋はつきつめると自らの精神を滅ぼす快感にある。自分を実験材料として女に溺れて、それを文学に反映するという決意があっても、なにぶん人間は生身であるから、そうやすやすと結果はでない。色恋のための色恋を重ねていけば、人間は最終的に破滅し、不良だけきわめて、結果を出せなかった作家志望はゴマンといる。世間はそれを生活破綻者と呼ぶ。

ですから、よほど強靱《きょうじん》な精神力がなければ私小説の作家にはなれない、と気づくことも、これからの期待される不良像です。自分の恥を売り物にするのは限度があって、なぜなら読んでいるうちに読者があきてくるからだ。読者をあきさせないためには、さらなるだらしない恥を体験するしかなく、恥のうわぬりをつきつめれば、最後は太宰のように情死してみせるしかありません。

川端康成はガス自殺している。康成はノーベル文学賞作家として社会的地位は不動のものでありながら、死ぬ寸前まで孤独のふちから離れられなかった。晩年の作『古都』は睡眠薬が書かせた小説だと当人がいっている。小説『眠れる美女』を読めば、康成が性的官能にどれほど耽溺しようとしていたかがわかる。康成を、「日本の様式と伝統美を追求する作家」などと、甘くみてはいけません。康成は、『伊豆の踊子』から『雪国』をへて『眠れる美女』に至るまで、女体研究と官能秘戯を追い求めてきた薄気味の悪い不良なのです。

『眠れる美女』は、性的不能の老人が、若い娘に睡眠薬を飲ませて、その女体をいじりまわす話で、初期の『伊豆の踊子』と対《つい》をなす。康成は、ノーベル文学賞なんていうエラいものをもらってしまって、「良識ある老大家」を演じることに辟易《へきえき》したのではないだろうか。最後は不良の意地でガス自殺してみせた。

不良は過度に味わえばガス自殺にいたるわけで、健全なる社会人は水割りにして宿酔《ふつかよい》しない程度にたしなむほうが賢明だ。昭和の作家がもてはやされたのは、命をはって不良をやった実演の代金みたいなものです。

親が不良でも子は育つ

作家にはいろんな型の不良がいるが、ぼくが理想とするのは檀一雄です。ぼくは晩年の檀一雄とは担当編集者としてのつきあいがあり、あれほど豪放磊落な不良は見たことがない。女から女へと渡り歩き、好き放題に生きながらも多くの人に愛されました。ポルトガルへ行くときは「ちょっとそこまで」と近所へ買い物に出かけるような感じで出かけて、一年半帰ってこなかった。

無頼派、放浪派といわれても、太宰のように情死するわけではなく、悲しいくらい健康的だった。息子の太郎さんや、娘のふみさんはちゃんと育てたし、ぼくは檀一雄を見て、「ああ、これでいいんだな」とひどく納得したことを覚えている。檀一雄は、ぼくにとって、生きる不良の見本でありました。

遊びすぎて準禁治産者になったのは村松梢風である。梢風は静岡の小地主の主人で、タンボを切り売りして吉原で遊蕩の限りをつくした。そのあげく、金を使いはたして、なじみの花魁《おいらん》からも愛想をつかされた。このまま終ればただの不良で、生活無能力者の烙印を押されてハイそれまでとなる。梢風はそれを『女経』に書いてもとをとった。不良を商売にしているような人物だった。やりたい放題のことをして、世間から評価されたのは荷風と梢風が双壁で、こんな力業《ちからわざ》はちょっと真似ができません。

その村松梢風にしても、愛人と家族の二重生活をして、女性遍歴をくりかえしながら、孫の村松友視はダンディな凄味をきかして梢風とは違った境地を生きている。不良に生きたからといって、みんな情死やガス自殺をするとは限らない。残された家族は、「まったく、しょうがない父さん」とか愚痴をいいつつもそれぞれ自分で生きている。だから、不良になったって、あとのことを、そんなに心配することはないのです。

千人斬りを達成した作家

ぞくに千人斬りという言葉があります。

ぼくがこの言葉を耳にしたのは三十年前のことで、五味康祐から教わった。五味康祐はそのころ、小説よりも手相、観相の大家として名をなしており、一緒に大阪に行ったとき、

「わしは千人斬りやでェ」

と自慢した。女と千人以上やったという話です。女性を占うときは、手相、観相よりも陰部のマン相を観るのがわかりやすいというのである。そのころ五味康祐は東京の帝国ホテルで仕事をしていて、行くたびに違う女性が一緒でしたから、「偉いもんだ」と感心した。

大阪に旅行に行った夜、新大阪ホテルに泊って、十一時ごろ消灯してベッドに入っている

と、ぼくの部屋のドアを叩く音がした。開けるとミニスカートの女性が入ってきて、スカートのチャックをおろしはじめた。ぼくはねぼけまなこでベッドにもぐりこんで、裸になる女性を見ていました。すると、ドアを叩く音がして、サルマタ一枚の五味康祐が入って来た。五味康祐は、女性の手をつかんで、

「部屋をまちがえとるわァ」

といって、向いの自分の部屋へ連れていってしまった。千人斬りというのは、マメになやらなければなかなか達成できるものではないということがわかりました。

千人斬りの歌手は、巨根伝説のディック・ミネが有名だが、ディック・ミネは六十八歳のとき、二十五年間つれそった三番目の妻倫子夫人から離縁状をつきつけられ、それで、二十年間愛人関係にあった小鹿原則子と再婚した。妻に捨てられても、愛人がいればひきとってもらえる一例です。則子夫人とのあいだにも一男があり、古希を控えたディック・ミネは、その息子に、朝マラが立つのを見せようとはりきった。

五十歳から恋に目覚めよ

一生を女道楽に費やした芸人は、落語の柳家金語楼と、俳優の嵐寛寿郎です。金語楼は精力絶倫で、若い女性好み。五回結婚し、女から女へと渡り歩き、稼いだ金はみな女へ渡して

しまったから、死ぬときはスッカラカンになった。

嵐寛寿郎もそれは同じで、愛した女は自称三百人だ。別れるたびに女に金を渡してしまう。六十六歳で四度目の結婚をしたときの相手は二十五歳だった。ちょうどそのころ、ぼくの友人のCMディレクター佐々木隆信がアラカンこと嵐寛寿郎に惚れこみ、なんとか金を工面してアラカンに渡そうとして、カーワックスのCMを考えた。佐々木隆信は、老齢のアラカンのスタジオ撮影が五分ですむ方法を思いついた。

スタジオに来たアラカンは、ただひとこと「タン」といえばいい、といわれた。なんのことかわからぬが、たったひとこと「タン」といえば多額の金が入ってくるので、無一文で新妻と一緒になったアラカンは大いによろこんだ。

CMはつぎのようなものだった。別どりの録音で、佐々木隆信が、「アラカン！」と叫ぶ。そのつぎにアラカンが真面目な顔で「タン」というのをつなげると、「アラ、カンタン！」となるのであった。CMディレクターにも、あのころは才能あふれる不良がいた。

しかし、まあ、ぼくが会った人で、女道楽を一番極めたのは三味線一丁で都々逸《どどいつ》をやった柳家三亀松《みきまつ》でしょう。ぼくが三亀松を上野の家まで訪ねていったのは二十八年ぐらい前のことで、亡くなる前年だった。そのとき、三亀松は千人斬りは十五年前に通過して五年前に千二百人斬りを終了した、といってました。

「なにしろ、あたしゃあ、声だけで女をいかせてしまうからね」

と三亀松は自慢した。三亀松の代表芸は「新婚箱根の一夜」で、ムズムズしてがまんできなくなった花嫁が「やってェ……」と鼻声を出すと、花婿が「ウッフーン」と声を出す、それは色っぽいもので、人気が出てレコード化されたが発禁処分にされた。

三亀松は女性に人気があった吉行淳之介を意識していて、銀座のクラブで、吉行淳之介に勝った、といった。それはカウンターの吉行淳之介の横に座っていた女性を、自分のカウンターの横へ座りなおさせた、というだけのことだったが、芸能界の遊び人プロは、遊び人作家を意識する。不良は不良を気にするもので、三亀松に対抗心をおこさせた吉行淳之介は、さすがというほかはない。三亀松は、千二百人斬りを終了したあとは、もっぱら夜の公園の男女〝のぞき〟専門となりました。

とまあ、恋狂い女道楽の先人はいっぱいいて、どの人にも頭があがらない。ムカシは、作家も芸人も政治家も商売人も不良がゴロゴロいた。そんな心意気はどこへ行っちまったんだろう。どちらを見ても優等生ばかりではないの。

五十男よ自信を持て。

恋のチャンスが来たら、逃げずにムンズとつかめ。どうせ短い余生じゃないの。自分を見下しちゃあいけません。ハゲでもデブでも気にするな。バレたらバレたでそのときだ。いつまでも危険な男でいることが、男が男としての力を発揮する。グッド・ファザーなんて、最低だぜ。

③

バクチは人生の教科書である

阿佐田流「いい負け」とは

阿佐田哲也さんに最後に会ったのは、昭和六十三年、暮れの立川競輪場だった。その数ヵ月後に阿佐田さんは心臓破裂で亡くなった。ドカーンと爆発するような六十年の生涯だった。

阿佐田さんは五十歳になったとき、「これからはやりたいことはなんでもやる。五十歳記念としてかたっぱしから女に子供を産ませるんだ」といった。そのことは、阿佐田さんがご自分の本にも書いているが、子供のほうは産まれなかった。

阿佐田さんはプロのギャンブラーで、麻雀、競輪、競馬、手本引き、バカラ、ポーカー、ブラックジャック、丁半、チンチロリン、と、博奕《ばくち》と名のつくものはなんでもやった。小説『離婚』で直木賞、『百』で川端賞、『狂人日記』で読売文学賞を受けた作家（もうひとつの名は色川武大）だが、ギャンブルに関しては『麻雀放浪記』が出色である。

ぼくは、勤めていた会社をやめてモンモンとしていたとき阿佐田さんにお会いし、ギャンブルほかいろいろのことをご教示いただいた。阿佐田さんは、無頼、放蕩、不良の兄貴ぶんで、会って話をきくたびに教えられることが多かった。亡くなったとき、阿佐田さんは、『現代』に連載中で、連載は四回めで中断した。ぼくは急遽《きゆうきよ》阿佐田さんのページのあとをひきつぐことになり、ひきついだ連載は五年間つづいた。

立川競輪場でお会いしたときは村松友視さんが一緒だった。村松さんはぼくより二年早く会社をやめており、失業者の先輩格だ。それで、競輪をはじめたばかりのぼくは、失業先輩の村松さんを誘って、暮れの立川グランプリへ行ったのだが、そこで阿佐田さんに会ったというわけだ。

はたして、競輪のプロの阿佐田さんは、どういう買いかたをするか。

ぼくは競輪をおぼえて二年めのころで、競輪の面白さ、かけひきを知り、選手の顔もひとおり知ったため、競輪新聞を片手に、村松さんに、いくつか講釈した。村松さんは、ギャンブル予想には無精で、「どれがくるか教えろ」といいながら、ゴルゴ13みたいな視線で競輪場の客を観察している。極道のアネさんの着物のガラを見たり、サングラス姿のアンちゃんが手にしている焼き鳥を見たり、あるいは払い戻し場窓口のおばさんの爪のアカの汚れぐあいを見たりで、ヤサグレ刑事といった様相だった。

阿佐田さんは、眠たそうな眼をトロンとさせて、「出目《デメ》、出目《デメ》」といっている。その日の第一レースから第五レース（ここまで連複・六レースから連単）の出目をきいている。阿佐田さんは出目だけでその日の車券を買った。レースの展開推理にはまるで興味を示さなかった。

その日のレースは、ぼくは五勝二敗。収支はプラス七万円ぐらいだった。阿佐田さんはすべてのレースをはずした。びっくりしたのは、最終レースをはずしたとき、阿佐田さんが、嬉しそうに、ニンマリと笑ったことだった。そうして、こういった。

「今日は、いい負けだった」

ぼくは、すぐにはその意味がわからなかった。阿佐田さんは、負けを取りにきたのだ。それも、わざと負けるのではなくて、自然体の負けをとりにきたのであった。

五十歳の不良宣言

阿佐田さんは、一日ごとに勝ち負け表をつけていた。一日のうち、いいことが一つあると一勝で、いやなことが一つあれば一敗だ。それぞれの日の勝ち負けをきめる。たとえばいいことが五つあっていやなことが四つあれば、五勝四敗で、その日は勝ちとなる。いいことが五つあってもいやなことが六つあれば五勝六敗で負けとなる。これをつづけると、毎日の運の流れがわかる。その流れを読んで勝負にでる。

運は、気まぐれで、人間の意志とは関係なくやってくる。こればかりは天の配剤で、人間の意志でどうこうなるものではない。運はあらゆる人間に対して平等である。それにもかかわらず運が強い人と、運が悪い人がいる。それは、運に問題があるのではなく、運を見る目があるかないかにかかわっている、というのが阿佐田さんの考え方だった。

阿佐田さんがはじめて鉄火場に行ったのは小学校六年のときだという。戦時中は、工場のすみに鉄火場があった。戦争が終わり、十六歳の阿佐田さんは麻雀師となり、あらかせぎをした。五年間、麻雀師をやってから足を洗い、編集稼業をやり、娯楽小説を書いて生計をたてた。それまでの経験を生かした博奕モノだった。四十歳になると、またギャンブラーに戻り、花札を使う手本引きにふけった。そのころ、荻窪の自宅にヤクザを四十人ほど集めて、手本引きをやった。家の近所には、ヤクザの外車が三日間にわたって駐車され、近所から苦情が殺到した。

そんな阿佐田さんが、「五十歳になったらやりたいことをやる」と不良宣言をしたのだから、世間はとまどった。それはぼくだってそうで、阿佐田さんは、それまでたっぷり不良をやってきたわけで、いまさらなにが不良宣言だと思ったのだ。

嵐山、教えを乞う

そのころ、ぼくは阿佐田さんを訪ねて、四谷三丁目の飲み屋で、一晩、たっぷりと阿佐田さんの教えを乞うた。そのときの話が、運の話であった。

プロの麻雀師で凄腕《すごうで》の人は百人はいる。いずれも勝負勘がすぐれ、腕がよく、修羅場をふみ、頭脳鋭敏で、度胸がよく、八百長の手口にもなれている。それなのに勝つ人間と負ける人間がいる。それは、どこが違うか。すべて運である。一定のレベルを越えると、運だけが勝負のわかれめになる。

したがって、だれもが運をよびよせようとするが、運は気まぐれで、よんでも飼い猫のようにはやってこない。とすれば、こちら側から運にすり寄っていくしかない。自分に対する運のバイオリズムがどう作動しているかを読むことが勝負師の差だと、阿佐田さんはいうのである。

一日ずつの勝敗表をつけ、勝ち、勝ち、勝ち、と勝ちの日が三日もつづくと、阿佐田さんは外を歩かない。三連勝したあとは、負ける確率が高い。その日一日じっと家にいても、電話がかかってきたり、手紙が来たり、あるいは不意の来客があったりで、勝ち負けはある。家にいても、勝ちと出ると、四連勝となり、つぎに負ける確率はさらに高くなる。そんな日にうっかり外出すれば交通事故にあう、と阿佐田さんは真剣に信じていた。

連勝したときは、自然に負けがくるようにひたすら待つ。ところが、あせるあまりわざと負けると、天が下している運をいじることになる。運の神様にさからうことは最悪である。わざと負ける人間は、いざ勝とうとしても勝つことはできない。運はあくまで運なのであり、運にさからってはいけない。運にさからわず、自分にいい運がくるのをひたすら待つ。そのときをのがさず一気に勝負にでる。その運の読みかたで、すべての勝負がきまる。したがって、勝ち、勝ち、勝ちときているときは、いい負けがくると、その負けでそれまでの勝ちがチャラになる。

ギャンブル道の真理

ぼくはそのころ、十七年勤めた出版社をやめたばかりで、やめてからは負けつづけだった。会社の人員整理に応じてやめたのだが、やめる直前をふりかえったら、逆に七連勝だった。三十四歳で別冊の編集長になり、雑誌は売れてほめられ、本誌の編集長となり、会社始まって以来の若い職制だと総務部長にいわれた。書店ではほめられ、取次店説明会では歓迎され、社長にも評価され、銀座のクラブでも一人前の顔をして飲めるようになった。若造の成り上がりだ。勝ち、勝ち、勝ち、勝ち、勝ち、勝ち、勝ちで負け知らずだった。それが反動となってドッカーンときて、会社をやめた。七連勝ぶん、一気にまとめて負けがきた。

負けだすと、負け、負け、負けの連続で、酒を飲んで荒れ、やくざに殴られ、女には嫌われ、車券はあたらず、退職金は使いはたし、飲んでからむから友人は離れていく。なにをやってもうまくいかない。そんな最中に阿佐田さんに会った。負け、負け、負け、負け、負け、負け、負けで阿佐田さんに睨《にら》みつけられると、「まてよ」と気がついた。これだけ負けつづけているのだから、凄い勝ちがくるんじゃないか、と。負けつづけても、そのぶん強力な運がくるんじゃなかろうか、とコシタンタンとその運を待とうとしたのであった。

その運がなんであったのかは判然としないが、ぼくが友人と五反田の八百屋の二階に作った出版社は、なんとか動き出した。前の会社にいるときより収入は増え、ぼくは、嵐山光三郎としてどうにか自立した。

阿佐田さんの運の話が、負けつづけて、やけのやんぱちになっているぼくを救ってくれたのであった。競輪場で、「いい負けだ」とニンマリした阿佐田さんは、悔しまぎれでそういったのではない。本気でそういったのである。阿佐田さんはじつに嬉しそうだった。

ギャンブルに学ぶ面は、ただこの一点である。ありとあらゆる博奕で燃焼してきた阿佐田さんがたどりついた真理はこれなのである。阿佐田さんは自宅にやくざ者を集めて手本引きをやっても、その勝負の果てにこういった真理を見ているわけだから、不良道の道学者となってしまった。だから「五十歳になったらやりたいことをやる」という阿佐田さんは、サラリーマンみたいな実直な生活にあこがれていたのではなかろうか。

昼休みが人生の分かれ道

阿佐田語録に「ほんとうの博奕をやれるのはサラリーマン以外にない」というものがある。大金持ちが一晩で百万円すってもどうということはないが、サラリーマンが十万すったら大変なことになる。だから真剣に博奕をやれるのはサラリーマンであると。

西鶴は「富貴は悪を隠し、貧は恥をあらわす」といっている。貧乏人は、ちょっと負けて小銭をサラ金に借りただけで一生を台なしにする。そのぶん小博奕でも命がけである。

ぼくが勤めていた会社でチンチロリンが流行したことがある。もう三十年前のことだが、会社にチンチロリンをもちこんだのはぼくである。チンチロリンを教えてくれたのは寺内大吉氏で、取材さきでルールを教えてくれた。社内中でチンチロリンがはやった。ドンブリひとつにサイコロが三つあればいい。

昼休み時間に六人でチンチロリンをやったところ、胴元役が二千円はって「1・2・3」を出した。五人の相手に倍づけで四千円ずつ合計二万円払わなければならない。給料が五万円のときだった。二万円はきつい。

その男は蒼くなって「もう一勝負」といって、バンと二万円張ったのである。これには、みんな蒼くなった。負けた男は、どうしても二万円をとり戻したかったのだろう。他の五人はみな尻ごみしたが、胴元役が「おめえら逃げるのかよ」と凄み、しかたなくその勝負をうけた。すると、胴元役は、また「1・2・3」を出して、各人に四万円ずつ合計二十万円を払わなければならなくなった。四ヵ月ぶんの給料である。そんな金はないので、ツケにしてボーナス払いとしたが、ボーナス時にはその男はさらに借金があり、その金を払わなかった。有能な天才型編集者だったが、以降信用がなくなり、才能がしぼんだ。昼休みの二ふり、わずか五分たらずがその男の運を決めたのである。「弱き者よ汝の名は貧乏なり」といったのは林芙美子である。貧乏人の博奕は命がけだ。阿佐田さんはそこのところを見ている。

プロの阿佐田さんから見れば、ギャンブルのヒリヒリする快感はサラリーマンにあるということなのだが、ぼくは、その男のひとふり二十万円事件から、チンチロリンはやらなくなった。それに代わって花札のコイコイにこった。

コイコイの勝負勘

コイコイは、部屋の片隅でコソコソできるし、二人の勝負だから静かにやれる。音もうるさくない。それで印刷所からのゲラ待ちのときは、いつもコイコイだ。初めは負けていたが勝負勘がわかると面白いように勝った。他部で自信を持った者がつぎつぎと挑戦してきた。なかでも、一番強かった男は、非常に思いつめる性格で、ストライキの最中に新品の札を二組持って挑戦してきた。ぼくはコテンパンに勝った。一文一円で掛け金が安いから、勝っても七千円ぐらいだ。そいつは現金で掛け金を払った。

その男はよほどくやしかったとみえ、その日は家へつくやいなや寝こんでしまい、翌日は休んだ。休みあけ、その男が、日曜の朝八時に出社しろという。朝八時から夜の六時まで十時間ぶっつづけで勝負をした。このときもコテンパンに勝ち、ぼくは勝った金二万円で背広を買った。それ以降、その男はぼくには勝てなくなった。

これもいまから思うと運である。そのときは自分は博奕が強いとうぬぼれていた。それでも負けるときがあった。コイコイをおぼえたてで、札も一人前に持てない庶務課のおっさんに、ぼくはコテンパンに負けたのだった。

大山名人「受け」の極意

ぼくは社内麻雀というのは嫌いだった。

あれは麻雀を装った社内情報交換である。他の部と麻雀をやり、麻雀を通じた裏派閥ができる。それが嫌だった。コイコイは一勝負二十分でできるが麻雀はそうはいかない。麻雀を通じて、自分の部の極秘情報を売る者がいる。はなから出世をあきらめ、勝負に徹している者ならいいが、そういう社員の仲間には野心家がついているもので、するりとその麻雀会へ参加して暗躍する。それに、時間がとられる。若いときは麻雀をする時間があれば、ほかにすることは山ほどある。また、五十歳をすぎて、さあこれから不良をするぞ、という人々にとっても無駄な時間である。

とはいってみたものの麻雀ほど面白い遊びはなく、誘われれば、不良の腕の見せどころである。五十歳すぎの不良麻雀は、気取りはいらない、人格を見せつける見栄もいらない、ひたすら勝てばよい。それは「受け」の麻雀である。

将棋の名人大山康晴は、「受けの将棋」で派手さに欠けたが、連続五期名人を達成して、優勝回数百二十四回に及ぶ。大山名人の「受け」は自分の正体を現わさないところに極意があった。

大山は「だれもわたしの将棋をまねできなかった。まねされるような強さは本物ではない。わたしには訳がわからない所がある」という。これが大山の強さである。新しい手や奇抜な手は使わない。無理をしない。相手の攻撃をひとつひとつかわして封じこめる。それから勝負にでる。そうなったら「ただ勝つだけでは不十分だ。相手が自分の顔をみるのも嫌だと思わせるようなダメージを与える」のである。負けた相手に、勝負に負けた以上の心理的圧迫を与える。こうなると「受け」の強さは一段と光る。

大山康晴の場合は、五歳上の兄弟子に升田幸三という才気煥発の天才棋士がいた。升田あっての大山というべきだが、若き日の大山は攻めの将棋だった。それで升田幸三と対局するときは攻めに攻め、いくら攻めても升田に徹底的に受けられて、負けてしまった。それで、「受け」の強さに開眼したという。

連続九期本因坊位にあった高川格は「非力の高川」といわれた。どこが強いのかわからない。負けた棋士が「ぬるま湯につかっているようだ」という。世にいう「高川の一間トビ」とは、素人むきの碁読本に書いてある、わかりやすい平明な手である。特別に考えこむ手ではない。激しく戦ってやりあう派手な棋風ではなく、ヨセ勝負に持ち込んだ。いかにも強いというものを感じさせないが、終ってみると勝っている。真の勝負師は、相手に強さを感じさせない。

これもまた勝負の極意である。

江戸の川柳に、こんなのがある。

「逃げしなに覚えていろは負けたやつ」

けんかをして立去るとき、「覚えていろ」とタンカを切るのは負けたほうである。

双葉山は弁解をせず

六十九連勝した双葉山は、「受け」の相撲であった。双葉山が三十連勝したころから、他の力士はどうにかして双葉山に勝とうとやっきになった。当時の仕切り制限時間は十分であった。制限時間まで仕切りは十三回以上やった。双葉山は「待った」をしない。相手が立てば制限時間前でも必ず受けた。一回めの仕切りで立った龍王山のような力士もいたが、難なく上手投げでとばされた。

双葉山の足をねらえ、というのが力士の合言葉になった。幕内力士の半数を擁《よう》していた出羽海部屋では、早稲田大学出身のインテリ力士笠置山を中心に双葉山攻略の作戦をねった。

笠置山は雑誌『改造』に、「双葉山攻略の手口」を発表したほどである。それでも双葉山には勝てなかった。

双葉山は、のち、「無意識のうちに技が出てこなければならないのです」といっている。六十九連勝で止まったが、そのとき、双葉山は赤痢による下痢と発熱で、一三〇キロあった体重が一〇二キロに減っていた。敗因をきかれた双葉山は、ただ「弁解がましいことは言いたくない」といった。

「敗軍の将以《もっ》て勇を言うべからず」と『史記』にある。漢の三傑の一人韓信《かんしん》は、趙《ちょう》を破って、趙の軍師広武君《こうぶくん》を捕らえ、丁重に遇して、燕と斉の攻略法について教えを乞うた。しかし広武君はこういって断ったという。

相場師はなぜ負けるか

ぼくの祖父は相場師だった。兜町に株の会社を持っていたが、相場勝負に失敗して一夜にしてスッカラカンになった。わが家に残っているのは景気がよかったころの東中野の黒塀大邸宅の写真と、祖父の漢詩の屏風《びょうぶ》一枚である。勝負に敗れて天涯孤独云々と書いてある。

祖父の知人に石井定七という人がいた。銅の相場で儲け、米で儲けて巨万の富を築き、「横堀将軍」の名を馳せたが、最後は新鐘株で負け、総額七千五百万円の借金を負った。いまの時価なら七千億円の借金だ。生涯のうちに大富豪と大借金王の両方を体験した。そのころ、鈴木久五郎こと鈴久という相場師がいた。相場で百億円以上儲けて、株式仲買店をやった。華商相手の仕手戦に勝って勇名をとどろかせた。最後は鐘紡を乗っ取ろうとして、あえなく敗れて没落した。

相場師は、ぼくの祖父をふくめて、ほとんどが没落している。相場師にとって、相場は命がけのギャンブルだが、負けた人に共通しているのは、攻めて攻めて攻めまくる性格である。引きどきを知らない。儲けたことが、攻めて攻めて攻めまくった結果であるから、引くという発想がない。かりに負けても負けたと思いたくないのである。そして最後は大負けして終わりとなる。

競輪や競馬にのめりこんで財産を失う人は最後に金をつぎこみすぎて大火傷を負う。五百円買って楽しんでいた人が、つぎは五千円になり五万円になり、最後は家を抵当に入れて五千万円の勝負をしてスッカラカンになる。これがギャンブルの魔力だが、そこのムズムズする虫をどうおさえるかが、五十歳からの不良が考えるべき課題である。結論はただひとつ、競輪競馬は日収以内でやれ、ということである。

どうせ遊びである。年収千八百万円の人なら一日のレースは五万円。一日のレースに十万円つぎこむ人は年収三千六百五十万円なくてはならない。年収が三百六十五万円の人は一日一万円が上限である。この原則を守っていけば、勝負は、その日一日の勝ち負けですむ。ギャンブルは金であって金でない。また、金でないのに、やはり金なのである。

一日ぶんの収入をすべてつぎこむと思えばレースに力がはいる。一日ぶんの収入がその人の能力であり、格である。分をわきまえずに能力以上の金をつぎこむのは思いあがりである。思いあがった者が敗れるのは、相場師の前例を見ればわかる。

勝負は一日単位だ

ギャンブルには、阿佐田さんがいうところの運がつきまとう。ギャンブルで勝てば、その運はなにものかの代償である。ギャンブルで勝ったぶん、別のところで損をしている。気がつかないところで負けている。「禍福はあざなえる縄の如し」で災いと幸運は表裏転変する。競輪競馬で大穴をあてたときに注意しなければいけないのは当然のことである。また、ギャンブルで負けた日は、そのぶん、なにかいいことがある。負けて喜ぶのがプロのギャンブラー心理なのだ。

やくざの大親分は、賭場で負ける。負けて大金をポンと払って大物ぶりを見せる。賭場で勝ってばかりいる親分は、大親分にはなれず、あまり勝ちつづけるとうらまれて殺される。これは企業と同質である。謹厳実直なサラリーマンが、暴力団抗争のニュースに関心を示すのは、そこに企業の論理が凝縮されているからである。抗争のけじめのつけかたを見たいのだ。若くして抜擢《ばってき》され、目立つ社員が最終的にはのびないのは、血気にはやった俠客《きょうかく》が若死にするのと似ている。頭脳明晰な人がおちいりやすい罠は、優れた仕事をして会社に貢献していれば、それで会社が自分を認めてくれるという幻想である。それと同じように、ギャンブルに自信がある人の罠は、いつか一勝負をして逆転勝利してみせるという漠然とした自信過剰である。

勝負は一日単位である。負ければ負けたでつぎの日にがんばる。それで負ければ、またつぎの日がある。一日でチャラにする。

死なない程度に熱中しよう

五十歳をすぎた人がやるギャンブルは、競馬より競輪がいい。競馬は若いオネーちゃんやガキ連中のファンが増えて、鉄火場の殺気がなくなってしまった。それに重賞レースとなると、テレビやスポーツ新聞で花々しくさわがれて、秋の運動会みたいになった。

どこの会社にも、競馬予想をトクトクとぶつお兄ちゃんがいて、うるさいったらありゃしない。会社には競馬好きな人もいれば嫌いな人もいる。馬券は黙って買え。

競輪場ではプロの棋士によく会う。芹澤博文九段にもよく会った。芹澤さんは、小学校六年のとき木村名人に二枚落ちで勝って、「沼津に天才少年あらわる」と騒がれた。名人になるのは間違いない、といわれつづけて名人にはなれなかった。これも運である。

芹澤さんは五十歳のとき「今期はわざと負ける」と放言し、対局場にもあらわれず、日本将棋連盟と対決した。酒と博奕が好きで、宿酔で不戦敗になったこともある。じっさいの芹澤九段は、他人に気をつかう知性的哲人だった。

阿佐田さんは「芹澤は、限られた時間で、楽しみを一滴も残さず味わおうというところがある」といっていた。地方競輪へ行って、旅館ではチンチロリンをした。芹澤さんの考案した五つサイコロを使う方式だ。五つ使って、二つのサイコロの目を消して、残り三つの目で勝負するものだ。ぼくが同じく静岡県生まれということを知って、捨てゼリフのように「静岡県生まれはみな二流」と得意そうにつぶやいたこともある。

また、新宿でぼくが学生相手の講演をしたとき、後ろの席で聞いていて、講演が終ってから、「よくわかったよ」と言いにきたこともあった。あのときはびっくりした。

芹澤さんは宮家や田中角栄の将棋師範でもあった。角栄と将棋をさしているとき、後ろの席でさしている人がパチンと駒を動かしたところ、その音を聞いただけで「詰んだ!」と叫んだというエピソードがある。根っからのギャンブラーであり、勝負のアヤを知りすぎていた。芹澤さんに最後に会ったのは前橋競輪場である。競輪場の客ごしに「やっ」と声をかわしたのが最後だった。ギャンブラーは若死にする傾向がある。死なない程度にギャンブルに熱中するのがコツである。

④

小利口な若僧どもを蹴っ飛ばせ

「よーくわかる」じゃダメ

ひとムカシ前は「よーくわかる」課長がいた。なにがおこっても「よーくわかる」を連発するが、じつは、ぜんぜん、なにもわかっちゃいないのである。

自分の課の美人OLが、酒を飲まされて、親会社の経理局長にホテルに連れこまれて犯されてしまった。あげくのはて妊娠して、泣き泣き課長に相談にくる。

OL「ハッと気がついたときはホテルに連れこまれていたんです。わたし、訴えます」

課長「きみの気持はよーくわかる。よーくわかるからこそ、ここはそっとしといたほうがいいんじゃないのかね」

OL「中絶の費用と慰謝料は、払ってもらいたいわ。エーン、エーン」

課長「よーくわかる。よーくわかりますよ。だけど親会社の経理局長は、あちらの会社の会長の息子です。それをよーくわかって、あきらめなさい。きみにも油断があったんだから、そこんとこ、よーくわかってよ」

OL「去年、一つ年上のB子が緊縛されて犯されたときだって泣き寝入りじゃないですか。この悔しさは、犯された当人でなければわかりません」

課長「私だってわかりますよ。私は若いころ親会社のデブホモ専務に犯されたんだから。あなた以上によーくわかります」

ＯＬ「よーくわかるんなら、なんとかして下さいよ。わたし、自殺したいんです」

課長「ああ、自殺したいでしょう。それは若い人の特権です。私もそういう気持になったことがあるのでよーくわかる。しかし、自分の命は大切にしなければなりません。よーくわかるからこそ、ここはひとつ、なにもなかったことにしましょう」

ＯＬ「あんた、ぜんぜん、わかってないんですよ、結局は」

課長「そういいたい気持もよーくわかります。なんだって、よーくわかっちゃうんだから。だからこそですよ、世間というものは、じつはあまりわからないところがある。そのへんわかりますか」

　これで、ＯＬはプッツンとなる。

　やけになって会社をやめてしまう。

　会社における社員管理というのは簡単にいえばこういう構造であった。課長はこの苦労ネタを親会社の会長に報告して、ひとつ貸しを作った。

　いまの時代は、これでは通用しない。ＯＬは本当に訴えるのである。

「よーくわかる」課長の問題点はどこにあったか。

　それは、わからぬことを「よーくわかる」と嘘をついた点にあるのではなく、ＯＬのことを「よーくわかろう」とした態度そのことじたいに間違いがある。男女関係は個人の問題である。若いOLの心情など、わかろうとする必要はない。わかろうとするから、若いチンピラ社員になめられるのである。

新人類から「新妖怪」へ

五十歳をすぎた社員は、「なにかをわかろうとして」生きてきた。自分たちが二十代のころは、上役である五十代社員の心情をわかろうとした。そのうえで、「自分たちの気分をわかってもらおう」と努力をした。

誠実な世代といえばおめでたくもその通りだが、逆にいえば、「わからない」ことが不安でしかたがない。「わからない」ということが自分に対して許せない。

これが弱点である。

だから、そこをつかれる。

十五年前、新人類といわれた世代に対し、旧世代は新人類という名前をつけることで、わかろうとした。そのころ、私は三十九歳であったが、大学祭へ招かれていき、講演し、学生たちの前で、

「自分が新人類だと思う人は手をあげろ」

といったところ、二千人の学生のうち、だれひとりとして手をあげる者はいなかった。

これは当然のことで、新人類という言葉は旧世代が、新世代につけた蔑称であったからである。自分たちが不可解な存在を、新人類と呼ぶことで、わかったふりをしようとした。当の新人類たちが同調するはずがない。

新人類と呼ばれた世代は、一九八〇年代初頭の〈豊かな貧乏〉の時代の申し子である。物は豊かで新商品は多く出まわっているが商品は売れない時代であった。彼らは、

〈いい子、ぶりっ子、会社の子〉

といわれた。

おとなしくて、礼儀作法もあり、きちんとして協調性もあるのだが、なにを考えているのか、わからない。

それは一九六〇年代の高度成長期を、モーレツ社員として働いてきたお父さんから見ると、いかにも覇気のない世代であった。いわれたことはやるが、それ以上のことはやらない世代に、オヤジたちはじれた。しらけ世代といわれた。

しかし、一九八〇年代初頭に最も問題とされるべきであったことは、しらけた新人類たちにあるのではなく、高度成長期に疲れはてた旧世代である。新世代の連中は、疲れ切って窓ぎわ族になったオヤジを見て、「一生懸命やっても、こうなる」というあわれな見本を知った。会社でどう働いたらいいのかというサンプルがなくなった。しらけるのは当然である。

その新人類世代も、いまは、四十歳となり、会社の中堅になった。

いまの新入社員世代は、

〈不況、小利口、ピアスの子〉

の新妖怪である。

窓際《まどぎわ》族という言葉もなつかしい言い方で、いまや旧世代は窓際さえ与えられない。子会社に出向か、あるいは早期退職優遇制度によるていのいい解雇である。会社をやめてから能力を発揮できる人は限られている。窓際族を、冷遇されるサラリーマンの象徴とする言い方もまた、高度成長期後遺症であった。窓際は、日当りはいいし、景色もよく眺められるから、むしろ好待遇の地位である。

新妖怪世代は、二十年前に新人類と名づけられた世代よりさらにしらけて、本能的に小利口な感覚武装をしている。もとよりサンプルとする先輩の像はない。自己中心的で、協調性は薄く、めざす共同体理念はない。新妖怪にとって企業は、生活するための機構にすぎない。

しかし、これはまぎれもない現実であり、こういった新妖怪世代は、五十代以上の旧世代および中堅となった新人類の世代が及ぼした当然の帰結である。

ここにいたってなお、新妖怪のチンピラ社員に迎合しようとする五十代以上の旧世代は、マスコミがくりだすトレンディなサンプルを無理に理解しようとして、小馬鹿にされる。イジメのお笑いや、ピアスする若者や、被虐的ハレンチ風俗にいらだちながらも、なにもいえない。あるいは、昔からある保守ガンコ砦の傘の下に入り、時代遅れを気取って口ぎたなく攻撃しようとする。これは理解しようとすることの反作用であり、つまりは「わかろうとしている」のである。

部下に嫌われよう

ここで、もうひとつムカシの部長用語を思い出していただきたい。「聞いてません」である。

「私、聞いてません」

という言い方は、私はサラリーマン時代にさんざん上役にいわれてきたので、早く出世して、これをいいたいと思った。会議が進んできて、

司会者「では、最後にA物産との親善野球大会の件ですが、みなさん、出ますね」
係長「来週の日曜日にK高校のグラウンドを借りました。午前十時半に集合です」
ヒラ「あの、私、ピッチャーやります」
課長「土曜日にトレーニングしようか」
課長補佐「おれ、ホームラン打つぞお」
女の子「私、お弁当つくって応援に行くわ」

と、ひとしきり話題が盛りあがったところで、
部長「そんな話、聞いてませんよ」
ここで場がシラーッとする。課長補佐があわてて、
課長補佐「部長、ほら、あのポスター見て下さい。ポスターに書いてあるでしょ。三月二日の日曜日の野球大会。みんな楽しみにしてるんですよ。部長も来て下さい」
ととりなしても、
部長「私、聞いてませんよ」
今度は課長があわてて、
課長「山田君、きみ、部長に報告しなかったのかい。親善野球大会の件」
山田「いったつもりですけど……」
主任「つもりじゃだめなんだよ。つもりでできれば苦労しないんだよ。ちゃんと報告しなかったの。それはきみが悪い。まったく山田君は組織ってものがわかってないんだから」
山田「どうもすみません。私の報告ミスで親善野球大会ができなくなると、みんなにすまないです。言い訳はいたしません」
部長「私は聞いてませんよ」
山田「ポスターも見てくれなかったんですか」
部長「見てないよ。だっていってくれないんだから」

山田「部長の机の前に、一週間前から、はってあるじゃないですか」

部長「はったって聞いてませんよ」

山田「じゃ、どうすりゃいいんですか」

部長「そんな野球大会、やめちゃいなさい。私は聞いてないんだから」

　ここで、全員ガックリとうなだれた。

　日本の部長のうち、三人に一人は、この「聞いてない」病にかかっていた。これは、会社が運命共同体として機能していた時代の産物であった。

　ここにおいて、不良は部長ひとりである。いまは、かりに聞いていない用件でも、「聞いています」という部長のほうが多くなった。そんなことをいって部下に嫌われることのほうがこわいのである。

　また、この会議で、山田君がいった、

「言い訳はいたしません」

という言葉は、言い訳がうまい。言い訳をしないという言い訳なのである。

「私はおせじが嫌いだ」

というやつは、きまってそのあとに、

「おせじは嫌いだから、おせじぬきでいいますとね、部長は本当に大人物です」

とおせじをいったのである。

「私は嘘が嫌いだ」

という者に限って嘘つきが多いのと、まったく同じであった。

「会社なんか、いつやめたっていい」

と公言する者にかぎって、ダラダラと定年まで過ごし、定年になってから、

「いつやめてもいいという気持を持っていたからね、私は。だから、かえって会社がやめさせてくれなかったんですなあ、ハハハ」

とわけのわからぬ自慢をした。

だから、社長は、「いつやめてもいい」といってる社員は、思う存分こきつかえばよかった。

蹴とばそうが、地方へ出向させようが、バケツで叩こうが、自分の足に水虫の薬を塗らせようが、パンツ洗わせようが、好き放題のことを命令して、やりたい放題やったって、なかなか社員はやめなかった。

このへんに、新妖怪に対応するヒントがある。テキが不良なら、こちらはそれ以上に不良になればいい。

遅刻したら電車の事故のせいにして、火事をおこせば異常乾燥のせいにして、物が売れなきゃ消費者のせいにして、物価があがれば自民党のせいにして、給料があがらなければ民主党のせいにして、娘の勉強ができなきゃ日教組のせいにして、宝クジがあたらなければ抽選

係の娘のせいにして、地震がおこれば気象庁のせいにして、病気で死ねば医者のせいにして、会社がつぶれりゃ上役のせいにして、いっさいがっさいが時代のせいだ、とするのが新妖怪社員である。

「仕事がいやなら会社をやめろ」

といってやるのが連中のためなのだ。

本当に恐い「会社の怪談」

日本の会社はついこのあいだまで妖怪の巣窟《そうくつ》であった。いまの新入社員が小理屈並べる新妖怪であっても、ひとムカシ前は、どこの会社にも妖術と陰謀にたけた凄いバケモノがゴロゴロいたではないか。なにが許せぬのかわからぬが、なにかにつけて、頭から湯気を出して、

「それは許せーん」

といって机をドンと叩くタコ課長はまだかわいいほうだ。密告二重スパイ的コウモリ社員は、密告したあとで、

「ひとつ私がいったことは秘密にしておいてくださいよ。私がまるでズルい人間に見えちゃうから」

とズルいことをいった。

会社の参与とか顧問で、暇をもてあましているのが仕事場へやってきて、事情通として、政界から会社人事までを解説し、社員の反応を見て、役員会へ報告をする。あるいは、健康のためと称して昼休みに皇居周辺をジョギングする妖怪サラリーマン。いっちょまえにナイキのジョギング・シューズなんかはきやがって、顔面蒼白必殺邪教熱烈特攻隊参上！とばかり、魔物にとりつかれてドタドタ走っていた。こいつら、昼飯はいつ食うのか。官庁連は、朝早くきて、七、八人でかたまって、ノッタラノッタラと、御用提灯ぶらさげる風情で走っていた。

銀座のバーやクラブへ行けば、社用族部長連中が、ホステス相手にゴルフの自慢。しかしこれは一時代前の話で、いまどきの社用族は、場末の飲み屋で、部下を相手に女自慢だ。「女は金じゃない、ココロだ」といってみるものの、部下はだれも信用しない。

派閥を嫌うサラリーマンは、サングラスをかけて、新宿のジャズバーのカウンターの一番奥にすわって、一人で静かにブランデーを飲んでいるが、こういう男は、みんなバカだった。背広の襟たてて、カウンターのサイコロふって、バカだねえ。セーラムライトなんてくわえやがって、みんなイモヤローー。豚マン食って糞してねろ、といいたくなるのがいっぱいいたでしょう。

粛清されたバケモノ社員

女は女で、どこの会社にも世話やき病不気味超獣おばさんがいた。会社創業のとき、土地におハライをしなかった祟《たた》りで棲みついた悪霊的ＯＬで、会社の男女不倫交遊をくまなく知りつくしていた。ＯＬ不倫防止婦人会の名目で、会社内でおこる男女関係をつぶしてぐじゃぐじゃにすることにだけ、余生の生きがいを持っていた。それに対抗して、金色イヤリングをつけてチャラチャラと会社をねり歩く別部隊、一流レストラン一流ホテルに行くのが自慢のブランド志向女性は、厚化粧して香水つけて出社して、正月は京都柊屋に泊まることになっている。

三十歳すぎたＯＬでオナラをするのがいて、くさいのなんの、窓から飛びおりたくなった。会社近くに新装開店なったポテトレストランへ行き、開店記念ジャガイモサラダ三百円定食を食べ、開店記念の皿を三人分もらって机へ座り、「あーあ。今日の昼休みもこれで終りか」と、気が抜けた瞬間に、ブーッとやった。あたりに人がいないことを確認すると、さらに大胆になって、ケツの右半分をもちあげて、ブッ、ブッ、ブリブリブリ、と残りのガスを出しきってしまう。ガスは最初のうちは、ＯＬの机の下に濃くたまっているが、十分もたつと、部屋じゅう均等に、うっすらと臭いが漂った。

あるいは女子大の自治会委員をやってた女性は、会社へ入ってから組合ニュースへ「ある女子部員のつぶやき」なんて記事を書いてほめられ、組合大会でけっこう大衆うけする発言をして、拍手され、ちょっと紅潮して座るとき、パンティストッキングがずれていて、シワをのばすため両手でかきあげた。独身のころはまだ可愛げがあったが、社内同期入社の組合活動家と結婚し、結婚したとたんにガクンとおばさんになっちゃった。それからというもの開きなおりの人生で、開きなおった瞬間にパンティストッキングがずれてしまうのであった。

生協の大安売りでまとめて買った品物だから、弾力がゆるくなって、すりきれても、「生協のパンストは十年もつ」という信念を持ち、三歩すすめばずり落ちる。

そのうち、背中からトクホンチールの匂いがし、似合わぬシャネルの眼鏡をかけ、たまに飲みにいくと酔いつぶれ、雑誌は「女性自身」しか読まず、マッチとトシちゃんのテレビ番組は欠かさず、うっかり敵にまわすと何をいいだすかわからない。

と、まあ、男も女もバケモノばかりだったじゃないの。そういうのを思い出せば、いまどきの新妖怪なんてのは怖るるにたらぬ。

不況になるとバケモノ社員は粛清《しゅくせい》されて、会社から姿を消した。みんな、常識的で、臆病な忠実サラリーマンになってしまった。このご時世でも、「わかっている」ふりをしたいから、新妖怪にびくびくする。それに対抗するには、こちらが新バケモノになる。新妖怪が、

「あの人たち、ブキミだなあ。なにをしでかすか、ワカンナーイ」

という存在になればいい。

学生時代の悲しい後遺症

「ここだけの話だけど」

という言い方があった。「ここだけの話」はいろいろの場所で話されるため、結論からいうと「みんな知ってる話」なのである。だからみんなが知るちょっと前に「ここだけの話」をするのが効果的であった。

「あ、いうのやめよう。きみはしゃべりそうだから。ばらしそうだから、やめとこ」

と、フェイントをかければ、さしもの新妖怪も、

「だれにもいいませんよ。絶対に秘密は守ります」

と身をのり出す。協調性はないが、個人的な興味には意欲マンマンである。あとは、こちらのペースにひきずりこめ。

「本当にいわないでね。ヒミツですよ。ばれたら大変なことになる。じつはね」

と、ここまでいってから、

「やっぱり、やめとこ。べつにたいしたことではないから」

とさらにじらす。そのうち新妖怪はいらいらして、

「じゃ、いわなくていいです」

と開きなおる。

それでなにもいわない。

これでいいのである。もともと、秘密の話なんかなくていい。うっかり、なにかを教えると、かえって相手をしらけさす。よくないのは、

「ある会社のある人がね」

という話し方である。業界通の人が裏話をするときに、こういう言い方をする。

「先日、ある会社のある部長と、あるレストランへ入ったら、別のある会社のある専務がある昼食を食べていた。そのある会社のある部長は、別のある会社のある専務と、ある大学の同級生でね、それで、みーんな知っているある銀行が倒産するそうだよ」

なにがなんだかわからない。

「いいたかないけど」

という人がいる。

「いいたかないんだ。いいたかないのに、なぜいわせるんだ」

といって、いいたいことを、いいたい放題いう人がいる。これは新妖怪には通用しない。

こういう論法に対しては、新妖怪は、

「聞きたかないんだ。聞きたかないのに、なぜ聞かせるんだ」

と反駁《はんばく》するくらいの防御力はある。

「私は損な性分でしてね」

と前置きして話す人は、だれひとりとして損な性分ではない。そればかりか、なにをやってもズルい性格であることも見ぬかれる。

「私は人がよすぎるから」

も同様でバレバレである。かといって、

「私は人が悪すぎるから」

と逆をいってもだめで、新妖怪は、相手の人格など興味はない。新妖怪が弱いのは、無機質の情報である。

議論して、いきづまるときは、価値観の根本で対抗する。妻帯者の若い男が、トレンディ・ドラマを地でいくように、つぎからつぎへと独身ＯＬと肉体関係をむすぶ。これはいいか悪いか。答えはどっちでもいいのである。もっとはっきりいえば関係ないのである。問題あるのは、その男が自分の娘に手を出すかどうか。これは大いに関係ある。なぜならそれは自分の問題だからである。

で、娘に手をだされた係長はその男といいあいになる。五十代世代は、議論にいきづまると、

「それはたとえば」
　といいがちである。
係長「うちの娘はきみが独身であると信じてたんだ。きみと結婚するつもりだったといってる。どうしてくれる」
ヒラの山田「どうも、すみませんでした」
係長「あやまりゃすむってもんじゃない。それはたとえば、倒産した銀行がそうだろうが」
ヒラの山田「そう思います」
係長「思ったってだめよ。それはたとえば、阪神がいくら優勝しようと思ったって、優勝できないのと同じだろう」
ヒラの山田「お嬢さんが、すごくしつこかったんですよ。いけないと思いつつ、あんまり彼女が積極的なので、つい……」
係長「それはたとえば相撲でだな、相手が押してきたら、押し出されるということだ。はたいたり、引いたりすることもできるだろう」
ヒラの山田「それ、ちょっと違うと思うんですけど」
係長「そんなことはない。積極的とはなにかに関して話してるんだ。たとえば、きみの隣の家の夫がだね、積極的にきみの奥さんをくどいたとしたら、どうする」
ヒラの山田「隣の夫は九十四歳だから、そんな元気はないです」

係長「たとえばですよ。その九十四歳のもう一軒奥の若い男がですよ、積極的にきみの奥さんのパンツを脱がしたら、あんた、見てるの」
ヒラの山田「うちの妻はブスですから、そんなことされません」
係長「あくまでヒユですよ。じゃ、なにかね、ブスの概念とはなにかね。豚や犬にとって、ブスはどのように判断されるのか」
ヒラの山田「うちの妻は豚や犬ではない。へんなことをいわないで下さい」
係長「へんなことって、きみ。それはたとえば、科学者はへんなことから真理を発見するんです」
ヒラの山田「じゃ、ぼくが、係長の娘にへんなことしたって、いいわけですね」
係長「おっしゃる通り」
なにがなんだか、わからなくなる。学生時代は、いっぱしの論客であった後遺症でこうなる。
新妖怪と議論をするから、こうなる。

五十歳から奇人を目指せ

いいあってはいけない。

かといって、妙に理解しようとすると、もっとひどいめにあう。

どうしたらいいか。

こちらが新妖怪を上まわる超妖怪になればいい。五十歳をすぎれば、会社の役職があろうがなかろうが、定年まで、あと五年〜十年である。六十歳になってからが長い。

五十歳をすぎれば、なにをやってもいい、とは、私が最初から述べてきたことである。遠慮はいらない。好き放題、やりたい放題をすればいい。

木食《もくじき》が日本回遊の旅に出たのは五十六歳であった。それで九十三歳まで生き、仏像を刻みながら諸国を旅した。

妙海尼《みょうかいに》は、赤穂浪士、堀部安兵衛の許嫁《いいなずけ》を名乗って、世人をあざむき、九十一歳まで虚構に生きた。討入りから七十年後に出現して、未亡人を称したのである。

五十歳をすぎてから、世をあざむき、好き放題をやった奇人、怪僧がいっぱいいる。これらは、五十歳からの不良をめざす、よき先達である。

⑤

放浪は男の特権である

まず自分をだますこと

放浪は男の特権である。

女が放浪すると、ただの世捨て人になってしまう。あるいは単なる長期旅行。美人のほまれ高かった小野小町は、晩年、おちぶれて路頭をさまよった（『玉造《たまつくり》小町壮衰書』）。「花の色はうつりにけりないたづらにわが身世にふるながめせしまに」からくる悪意の類推だが、『百人一首』のなかでも出色の恋歌をつくった人なのだから、もう少し艶っぽい伝説をつくってやればよかった。男が流浪すれば、西行かランボーだとたたえられるのに、女が放浪すると、零落《れいらく》となる。

放浪する男は不良である。

不良でなければ、放浪なんてできない。西行は、もと天皇の門番（北面《ほくめん》の武士）で、筋骨隆々とした偉丈夫だった。天皇家（崇徳《すとく》天皇）直結の歌人で、しかも清盛と同僚だ。ときの二大権力と結びつき、歌壇ジャーナリズムのボスである。そういう力を背景に、放浪歌人の道を選んだ。ふてぶてしい。

だから、ぼくは「西行は不良のはじまり」だというのである。プロの不良は、不良を気取ったりはしない。不良は、自分では不良だとは思っていない。ここのところが重要なのである。まず自分をだます。不良は、健全な社会的秩序に従わず、安穏な市民生活を拒否し、天然の旅情にさそわれて、意のむくまま、好きなように生きていく存在である。力がいる。西行がいかに強かったかは、荒法師文覚《もんがく》をぶん投げた、という逸話でもわかる。西行は、あの、一見孤独感にみちた淋しい和歌で弱々しげにみえるものの、じつは武闘派である。武闘派にかぎって弱そうにみせかける。このあたりから、不良性は、いちだんとみがきがかかる。

『奥の細道』の真相

これを真似した不良に松尾芭蕉がいる。芭蕉もまたとんでもない不良であった。芭蕉スパイ説があるが、それは『奥の細道』に随行した曽良《そら》が幕府の隠れ役人だったからだ。

『奥の細道』紀行のなかでは、曽良は素朴で善良で俳句のへたな弟子として書かれている。ときどき芭蕉からはなれて、どこかへ姿を消してしまう。あるいは病気と称して単独で特定の町にとどまる。『奥の細道』を読む限り曽良はドジでマヌケで足手まといに見える。現実は逆であって、それは『曽良旅日記』を読めばヨークわかる。

当時、日光普請をめぐって伊達藩と日光奉行のあいだに対立があった。工事規模および着工時期をめぐる対立で、伊達綱村《つなむら》の措置によりいったんおさまったかにみえたが、まだ不満はくすぶっていた。日光奉行から幕府へ不満が伝えられた。

この時期にあわせて芭蕉は『奥の細道』の旅に出た。最初は、弟子の路通《ろつう》を連れていく予定が、急に曽良に代えた。芭蕉は元禄二年二月に出発の予定であったが、出発は一ヵ月半遅れて三月中旬になった。随行者も代わった。しかも最初の訪問地は、俳人は一人もいない日光である。つぎの訪問地黒羽では十四日間。この時期は日光東照宮工事がはじめられたときであり、伊達藩が手ぬき工事をしないか、幕府としては大いに関心があるところである。芭蕉が、そういった事情を知らないはずはない。実際にそれを調べるのは曽良の役割である。隠密が俳諧師のなりをするというのは、芭蕉と曽良に始まったといってよい。

その日光で、芭蕉は、

「あらたふと青葉若葉の日の光」

とけっこうな俳句を詠むのである。

こういうのを不良という。

ぜんぶ知ってて知らないそぶり、じゃないけれど、芭蕉は忍者の里伊賀の出身だから、これくらいの化けかたはなんとも思わない。

不良は五十歳から

芭蕉にとっておしかったのは、五十一歳で客死《かくし》したことである。旅行中に病気で倒れたとされているが、毒殺説もある。芭蕉の経歴を考えれば毒殺説にも納得できるものがある。いずれにせよ、西行同様、体力強健であった芭蕉が五十一歳で死んだことは、おしいことである。しかし、五十一年の歳月は濃厚で、これはこれでたいしたものだ。

不良は長生きしたほうが力が発揮される。西行は七十三歳まで生きた。吉田兼好は七十歳まで生き、定家《ていか》は八十歳まで生きた。万葉時代にさかのぼっても山上憶良《やまのうえのおくら》は七十四歳、大《おお》伴旅人《とものたびと》六十七歳、大伴家持《やかもち》六十八歳である。現代人の平均寿命は、当時の人の三〇～四〇パーセント増しである。

現代人の年齢から考えれば、芭蕉の五十一歳は六十七歳あたりになるが、芭蕉が旅をはじめたのは四十一歳であり、それが現代人の五十歳と計算してもよい。

いずれにせよ、五十歳をすぎてから、不良はみがきがかかる。それは、それまでの人生経験で、やっていいことのギリギリのガードラインを判定できるからである。

戦後無頼派作家でいえば、太宰治は三十八歳で死に、坂口安吾は四十八歳で没した。ともに不良の代表格で、短い生涯だが、これはこれで完結している。が、六十三歳まで生きた檀一雄も不良の熟成度は濃い。不良は一定の持続が必要である。

極道の連中を見てもそうで、若くして死んだ侠客は、見ためには派手でかっこういいが、やはり一番いいめをしているのは、五十歳すぎの親分衆じゃなかろうか。この場合も不良性を持続させつつ生きるのは精神力がいる。従来の日本人的発想でいえば、ダラダラと長生きするのはみっともない、という見栄がある。いや、これは世界的にそうで、映画俳優だろうが詩人だろうが、若くして死ねば、そのぶん人気が出る。しかし人気が出たときは当人はそこにいない。当人がその恩恵にあずかるわけではない。人気がでない俳優が、若死にすれば人気が出るだろうと予測して、死後の栄光を期待しながら自殺してしまい、死んでもやっぱり人気は出なかったというほうがなさけない。実際にはこのほうが多い。

芭蕉のライバルは西鶴だった。西鶴は芭蕉よりも二歳上で、好色物に腕をふるった不良だが、五十二歳で死んだ。西鶴の『好色一代男』は、富豪と遊女のあいだに生まれた世之介を、『源氏物語』の光源氏に模して、色の道に遊ばせる話である。色に生きるか旅に生きるかは、不良の大いに迷うところである。色一本に生きると若死にする。旅だけしていれば女はできない。色も旅も両方ほしいというのがいまの不良管理職で、一泊五万円の高級少数部屋温泉宿は、社長とその愛人でにぎわった。しかし、それもつい四年前までで、バブル崩壊後は客がとんと減っている。

西鶴型不良か芭蕉型不良かは、江戸の連中は大いに迷ったはずで、これは、いまだっておんなじだ。女をつれていけるのはせいぜい温泉宿どまりで、女連れの放浪は夜逃げになる。

一茶はワルだった

芭蕉をまねて、「この手でいこう」ときめたのは蕪村《ぶそん》と一茶《いっさ》である。蕪村は摂津《せっつ》（大阪）の人で、二十歳のとき江戸へ出て俳諧を学び、奥州はじめ各地を放浪して、放浪十年後京都に戻った。丹後の与謝で絵を描きながら不良生活を満喫して六十八歳まで生きた。「ところてん逆《さか》しまに銀河三千尺」なんて句は、ちっとやそっとの遊び人では詠めない。蕪村は俗を離れて雅につこうとした人だが、見性寺という寺へ行ったとき、和尚の留守をいいことに白紙のふすまにカラスの絵を描いて、以後、出入り禁止となった。自分の遊びごころに対してみさかいがない。

一茶は信州柏原の農家の生まれで、母に死なれて、継母に育てられた。貧しくはあったが、色の道は人並みはずれており、一茶の日記には性交の記録ばかり書いてある。貧乏だと、どうしてもそちらのほうになりがちだ。

一茶が江戸浅草の夏目成美宅を訪れると門前払いをくった。怒った一茶は、土産に持ってきた信州名物のそば粉を玄関さきにまき散らし、その上に指さきで「信濃では月と仏とおらが蕎麦《そば》」と書いたという話が『俳諧寺一茶』という本に書かれている。一茶ならやりかねない。一茶はひょうひょうとした句で、純朴なイメージがあるが、そのじつ、かなりのワルである。また、こんな話もある。

信州湯田中の門人宅へ行って、温泉につかっているとき、一茶があまりに汚い服を着ているので、門人は気を使って、脱ぎおいた服を新しい服に替えておいた。一茶は、その服をわがもの顔で着用して帰り、あとで「着逃げの一茶」と書いて礼状を送った。この話は、どうも、一茶がわざと汚い服を脱ぎ、暗に、新しい服を要求したとしか思えない。

西行で思い出した話がある。

晩年の西行が鎌倉に立ち寄ったとき、将軍源頼朝に武術の秘事を教え、頼朝より謝礼として銀製の猫を貰ったが、西行はその猫を門前で遊んでいる子どもにやってしまい平泉へむかった、という逸話が『吾妻鏡《あずまかがみ》』に出てくる。これは、西行の無欲さを語る説話として有名である。しかし、本当のところは、西行が奥州藤原氏へ金の調達をしにいく途中であり、銀の猫なんてチャチなものは、ちゃんちゃらおかしかったのである。

西行には、金をよこす大口のスポンサー藤原氏がいるのだから、銀の猫なんてのはどうでもよかった。西行は、「頼朝はケチな野郎だ」と思ったのである。ここんところが不良の面目である。流浪の歌僧だと思って頼朝は油断した。その油断に対して、西行は、これみよがしにしっぺがえしをした。

旅ほどいい商売はない

夏目成美の『随斎諧話』に芭蕉の逸話が出てくる。芭蕉が彦根近くの山中を歩いていると、盗賊が近づいてきて、お宝をよこせといった。芭蕉は布子《ぬのこ》一枚を脱いで渡し、悠々と歩いて弟子の許六《きょりく》の家に着いた。少したつと、盗賊は、見知らぬ少年を通じて「まさか芭蕉翁だとは知らずに申しわけないことをした」と布子を返し、「まことに申しわけなかった」と詫びを入れてきた。盗賊は犬神五郎という。

文芸に生きる者が、盗賊におそれられるなんてことは、昔もいまもない。盗賊は、最初は、芭蕉と知らず、この旅人を殺そうとした。しかし、芭蕉の平然として威風堂々とした気配に気後れして、殺すことはできなかった、という。芭蕉が秘めている不良性の殺気に、盗賊は、盗賊の直感で気がついたのである。あとで芭蕉と知ってまっさおになった。盗賊が布子を返したのは、良心からではなく、恐怖心からだった。

許六と同じ美濃在住の門人に惟然《いぜん》という坊主がいた。もとは土地の資産家であったが、財を一代で使いはたして、妻子を捨てて旅に出た。庭に咲く古木の梅の花が散るのを見て無常を悟ったというが、なに、金を一代で使いはたしてブラブラしていれば、なにを見ても無常に思うものだ。一時、芭蕉に随行して旅をしたことがあり、それが惟然を放浪へとかりたてた。

惟然は芭蕉のまねをした。不良のまねをするのは不良である。惟然は、芭蕉と旅をして、「これはいい商売だ」と気がついたはずである。旅ゆくさきざきで俳諧の席が開かれ、うまい料理は出るし祝儀も出る。たまに野宿することもあるが、それも風狂というものだ。こんな痛快な商売はない。

惟然は芭蕉をまねして旅に出たものの、蕉門十哲に入っているわけではなく、惟然をむかえる旦那衆はいない。惟然は、もとは芭蕉をむかえた旦那衆である。しかたなく惟然は、人家の門前に立ち「まず頼む、まず頼む」と念仏のように唱えた。つづいて、芭蕉の句をつないで、

「夏草やつはものどもが夢のあと、なむあみだぶ、なむあみだぶ、閑《しづ》かさや、なむあみだぶ、なむあみだぶ、岩にしみいる蟬の声、ああ、なむあみだぶ」

と読経した。芭蕉経である。芭蕉の不良性は弟子にまで浸透した。惟然は小不良であるものの自分で満足しているのだから、これでいい。惟然は瓢簞《ひょうたん》を叩きながら、町を歩いた。町かどを曲がろうとすると、下僕を連れた女と出あった。女は惟然の娘であった。惟然が無視して通りすぎようとすると、娘が気がついて近よってきた。

妻から自立せよ

惟然の落ちぶれた姿に驚いた娘は、惟然の腕にすがりつき、家へ寄ってくれという。惟然は娘のすがりつく袖をふり払って、「両袖にただなんとなく時雨《しぐれ》かな」と句を詠んだ。娘はなおもすがりつき、家へ寄ってくれと頼んだ。惟然は懐中から反古紙《ほごし》をとり出して、

「重たさの雪払へども払へども」

と句を書いて娘に渡し、檜木笠《ひのき》を頭にかぶり、杖をついて、悄然と去った、という話が伴《ばん》蒿蹊《こうけい》の『近世畸人伝』に出てくる。

これ、かっこいいよなあ。

世のオヤジは、みな、この惟然坊にあこがれるんじゃなかろうか。別れた娘は、立派に結婚しているから、もう心配はない。

「父はこれからさすらいの旅に出るのじゃ」

といい残して、妻子を残して、どこかへ行っちまいたいと夢想するオヤジは、いっぱいいるのではないだろうか。町の郊外に買った四十坪の住宅の三十年ローンは払い終わり、退職金は妻に渡し、ゴルフ会員権を売った金ぐらいを懐に入れて、

「では、さらばじゃ」

と蒸発してしまいたい五十男ばかりではないのか。家を出て、野たれ死にするのが嫌ならば、せめて、一、二年はどこか外国へ行って、自由気ままに暮らせばいい。

それをなすには気力と体力がいる。一人で旅をする訓練は五十歳からでも遅くない。会社で出世して、部下に列車の切符とホテルの手配をさせ、グリーン車でふんぞり返る社用族は、まず、自分で旅をする訓練から始めなさい。海外旅行も、ガイドつきの団体ツアーはやめること。

それから、自分で料理する腕をみがきなさい。旅行用小型包丁と鍋ひとつあれば、かりに野宿したって、自分で食べるものは困らない。五十八歳で、ひとりポルトガルへ行き、一年余の滞在をした檀一雄は、「私の放浪癖は、私の、自分で食べるものは自分でつくる流儀の生活をいっそう助長したし、また反対に、私の、自分で食べるものは自分で作る流儀の生活が、私の放浪癖をことさらに助長した」と語っている。妻にたよるから妻になめられるのである。五十歳をすぎたら、妻から自立すること。それは、まず、料理を作ることから始まる。下着は自分で洗えばいい。シャツや洋服は洗濯屋に出せばいい。

こうしておいて、ある日突然、惟然になる。

見ばえのする死に方

旅の効用は、異文化にふれることである。不良の放浪は、アメリカやヨーロッパのような先進国へ行くのはさして有効でない。アジア、アフリカ、中東、南米がいい。なぜなら、発展途上の国々では「昔の自分」に出会えるからである。あるいは、「自分が生まれる前の自分」に出会える。人間は、なにをやって生きていったっていい。そのことがわかる。日本という国がいかに自縄自縛された「特殊な国」であるかがわかる。日本で常識とされている約束事は、そのほとんどは開発途上国では通用しない。

アジアや中東へ行けば、そこらじゅうに惟然がいる。現代の日本人が忘れてしまった不良だらけだ。それも原種不良ともいうべき、純不良である。

ぼくが生まれた浜松の北に石仏畑という史跡がある。そこは風外という仙人を埋めた場所だときかされた。風外は畑に穴を掘り、そのなかへ入って坐禅を組んだ。穴が浅く、胸から上だけが出たので、頭の上から土を盛って埋めてくれといい、こんもりと盛り土をかけられて、生き仏になった。風外は禅宗の坊さんだから、こんな風変わりなことをした。そのとき八十二歳であった。禅宗の坊主は、死にくらべの芸合戦で、これはなかなか工夫がある。焼身自殺より、こっちのほうが風流で偉そうだ。こういう坊さんは多分に不良性をおびている。

芭蕉より五十年ほど前の人である。

風外は洞穴に住んで達磨の絵を描いて暮らしたため、穴風外とよばれていた。相模の成願寺にいたが、寺の生活を嫌って小田原山中の洞穴に住むようになった。海が見える丘に八つの穴があって、中央の穴のほか、左右の穴も使った。穴から湧水があり、煮炊きもできた。そこで暮らすうちに、「生き仏さまが穴に住んでいる」と評判がたち、参詣する者が増えた。絵を得意としたので、絵一枚と米五升と交換をした。

こうなれば、風外の思うつぼである。世間の常識をやぶっても、それがかえって、その人の稀少価値を高める。人々は「孤高の人」だとたたえるものの、当人は「好きなように暮らしているだけ」である。

風外は、つぎに、真鶴の天神堂近くの洞窟に住み、「天神堂の坊さん」とあがめられ、土地の名主が後援者となった。穴は丘の中腹にあって、下から梯子《はしご》をかけて洞穴に住んだ。穴からの眺めはいいし、いたずら坊主の住まいのようだ。だれだって、こんなところに住んでみたいと思う。思うものの、実際にやる人がいないだけである。これがトルコのカッパドキアなら、みんなやっていることだ。真鶴だから珍らしい。

風外は、やりたいようにやった。これも不良の条件である。風外の評判をきいて、小田原藩主、稲葉正則が、「是非会いたい」と使者を送ってきた。風外は、小田原城へむかったが、別の部屋で待たされたのに腹をたて、屏風にしんらつな漢詩を書きなぐって、帰ってきた。このあたりのカンシャク持ちは、不良としての迫力充分である。正則が反省をして、こんどは駕籠《かご》に乗って天神堂にかけつけると、穴はモヌケのからで、壊れた鍋ひとつがほうりだしてあるだけだった。

これも、なかなかいい。

風外はそこから伊豆北条をへて、浜名湖の北へ移って八十二歳で死んだ。八十二歳だから、生き仏になるときは、自分の死に気づいていた。畑の隅に穴を掘って、そこで坐禅したまま死ぬというのは、デス・パフォーマンスとしては格別だ。

これから高齢化社会にいちだんとなると、死に方のパフォーマンスは、不良のテーマとなる。どっちみち死ぬのなら、見ばえのする死に方がいい。

西行の辞世の歌は、「ねがはくは花の下にて春死なむそのきさらぎの望月《もちづき》のころ」と思われているが、じつは、そうではない。この歌は、西行が死ぬ半年ほど前に詠まれたもので、西行は「きさらぎの望月のころ」（釈尊が涅槃《ねはん》に入った二月十五日の夜）に死んでみせると、この歌で予言した。かなりの重病であと半年は無理だと思われたが、歌で予言したとおりピタリと二月十五日夜に死んだ。それで定家は驚愕し、後鳥羽院も感動して、西行の名はいっそう広まった。みごとに死んでみせるというのが不良の心意気である。それも歳をとってからスパッとやる。

一休の愛欲生活

臨済系の禅僧は、みな死に方がうまい。悟りかたもうまい。いつ、どんな瞬間に、どうやって悟ったかというのが芸のうちだ。ある者は風鈴の音を聴いて悟り、ある者は痰をコロリと吐いて悟り、ある者は敵を斬り殺して悟った。

一休はカラスが鳴くのを聴いて悟った。だれはばからず酒肉を食らい、女色にふけった一休こそ、大物不良オヤジの先駆者である。やっていることは破戒僧だが、そのくせだれからも愛された。一休は七十七歳のとき、盲女の森《しん》という女と愛欲生活をおくり、森女《しんじょ》のヴァギナは「水仙の香りがする」と書いた。森女は四十歳ぐらいの色白の美女で、一休は森女との情痴を、かくさず『狂雲集』に書き残した。

七十七歳でよくもここまでやったもので、不良性は一休まで度がすぎると、世間は、あきれはて、賛嘆し、ついには「一休さん」のとんち話で日本一の人気坊主にしてしまう。森女以前にも女遊びはいろいろあって、大徳寺で大燈国師法要の最中にも遊女を抱いていた。禅僧のくせに遊里に出入りし、酒を飲み、僧の戒律をことごとく破ってはばからない。

後小松天皇の庶子という出自だから、なにをやってもよかったのかもしれぬ。それにしても、この不良性は並はずれで、悠々と八十八歳まで生きた。

正月になると竹のさきにシャレコウベをつけて「御用心、御用心」と洛中の家々をまわり、「門松は冥土《めいど》の旅の一里塚」といって歩いた話が知られている。

一休が少年のころ、ある男が「地獄極楽は遠い十万億土にあるそうだから、極楽はさておき地獄へは自分の足腰では行けそうもない」といった。すると、一休は「地獄は目の前にある」といい返した。男が「見えぬものは納得できない」というと、一休は、すかさず縄で男の首をしめあげ、「どうじゃ」と訊いた。男が、苦しみもがいて「たしかに地獄」と納得すると、一休は縄をといて、「どうじゃ」と訊き、男は「まこと極楽」と答えたという（『一休諸国物語』）。

狂暴である。少年院の教官にすればすぐに問題をおこしそうだ。こういった一休の奇行が「一休とんち話」の可愛い一休さんに変化していく。並はずれの不良をうけいれる精神的下地が日本にはあったのだ。

「頓着せずに楽しめ」

芭蕉より四十歳若い坊主に、深井《ふかい》志道軒《しどうけん》という人がいた。この坊主も破戒僧だった。浅草の観音堂境内によしず張りの小屋を建てて、参詣客相手に辻講釈をした。如意棒のかわりに男根を模した木彫りの棒を持ち、『太平記』の楠木正成の話を講釈した。得意とするところは男女の情事で、声色を使って、ねっとりと色っぽく実演し、聞くだけで恥ずかしくなるワイセツな言葉を連発して、ヤンヤの喝采を浴びた。

講釈があたって木戸銭がいっぱい入ると、すべて酒と女につかいはたした。江戸での人気ぶりは、歌舞伎の二代目団十郎と二分するほどで、平賀源内が訪ねてきて弟子入りした。源内は志道軒をモデルにして『風流志道軒伝』を書いた。

志道軒は京都の農家の息子として生まれ、十二歳のとき剃髪して高山寺に入り、仏典を学んだ。その後諸国流浪の旅に出た。流浪は人間をしたたかにする。世間の波風にあたってひとすじ縄ではいかなくなる。

江戸の護持院で執事を務めたあと、護持院のあとおしで御朱印百五十石の寺の住職になったが、坊主の生活が嫌になり、住職をしている寺の仏像や仏典を売りとばして金にした。その金で酒色にふけり、流浪僧になった。その最中に辻説法を見て、自分でもそれを始めた。

志道軒の転機は、寺の宝物を売りとばして、遊びまわって無一文になり、行き倒れになったときである。こういうときに、不良オヤジの根性がでる。女遊びがひどかったぶん、女の悪さも十二分に体験して、晩年は女嫌いになった。八十六歳で死ぬときの辞世の句は、「穴を出て穴に入るまで世の中にととん頓着せずに楽しめ」というものであった。好き放題に生きて、「ととん頓着せずに楽しめ」といって死ぬのは極意である。

五十六歳から放浪に

微笑仏で知られる木彫りを刻みながら流浪した木食《もくじき》は、六十余州を廻って九十三歳まで生きた。一千体以上の仏像を彫っている。旅に出発したのは五十六歳である。このへんがしぶとい。旅行する費用をひねり出すために、万人講をつくって喜捨をあおぎ、十五両という大金を集めた。ここのところも、現実的でしたたかだ。木食をつき動かすおおもとは信仰心である。

というものの、百三十九人から寄附金を集める手だては、ただの修行僧ではない。少年時代から寺にいるものは、かえって世間のきびしさを知らない。それは大企業に就職して定年まで勤務したサラリーマンが、自分ではもまれているつもりでも世間を知らないのに似ている。定年後、ラーメン屋の屋台をひいてみて、はじめて世間の実相を知るのである。木食は山梨の農家の出で、十四歳のとき村を出奔して二十二歳で出家したが、寺の護摩札配りのような仕事ばかりやらされた。寺にいても雑務係で、僧侶として出世する見込みはない。

五十六歳で、エエイとばかり旅に出たのは、木食の大勝負だった。まず恐山へ行き、そこから北海道へ渡った。北海道西海岸には、木食が彫った仏像が残っている。それから三十七年間流浪した。五十六歳からの放浪を支えていたのは、ただの信仰心だけではない。旅を重ねるごとに、定住者には味わえぬ、風狂の悦楽を感じていたのである。

「木食はいづくの果ての行きだふれ犬か鳥のゑじきになりけり」

という狂歌を詠んでいる。こういう歌を詠む人間がいかにしぶとく、不良オヤジであるかは、旅する人は皆知っている。定住の民は、「スゴい」とびっくりするが、なに、当人はうそぶいているだけである。したたかな不良精神を根底に秘めている。自然愛好の心や、風雅の心や、善良な精神、日本人の共同幻想だけでは、流浪はできない。

背広の似合わぬ男になれ

女の不良は流浪せず、町の暗がりに罠を作って待ち伏せた。女は町に棲みつく魔物である。男は町をたらしこむ妖怪である。女をたらしこむように町をたらしこむ。魔物が勝つか妖怪が勝つか。妖怪と魔物は、くんずほぐれつ一体となって時の流れへ身をゆだねていく。どっちも時間には敗れる。老いには勝てない。どうころんだって、かまやしない。どっちみち不良なのだから、いきつくはてにいきつくだけだ。

木食の、「行き倒れ」の歌は、不良になった男の決意表明である。自分の死を見定めれば、こわいものはなくなる。白ワイシャツも、ネクタイも、紺の背広もいらなくなる。社員証も名刺もいらない。そのときが不良オヤジの出発だ。木食は五十六歳から、それをやった。

いまのサラリーマンの日曜日のナリはみっともないね。日曜日になると、ジーパンはいてポロシャツを着て、急にフツーのオヤジになっちゃう。アディダスの靴なんかはいて、似合わないったらありゃしない。会社人間になりきってるから、背広以外が似合わなくなっている。まず、背広が似合わぬ人間になること、ここからはじめる。

⑥

マジメ人間よ、目ざめて不良になれ

背広とネクタイを捨て

不良は自分をとりまくさまざまの規制から自由になる行為である。会社から自由になり、妻から自由になり、子から自由になる。これをやっていくと不良になる。そうはいっても、やってみるとかなり難しい。人間は社会的動物だから、世間の常識を無視して生きることは不可能に近い。けれど、できるだけ自分の気分に忠実に行動する。

企業でボスになればチヤホヤされるが、定年で退職すれば、周囲は手のひらをかえして相手にしなくなる。すると「世間は冷たい」と人の世の無常を歎くけれど、なに、会社の部下は権力になびいていただけのことで、ボスの人間性にひかれていたわけではない。勘違いしていたのはボスのほうであって、定年後の世間の冷たさのほうが世の真実なのである。だから、会社勤めをしているうちにひとりよがりの幻想から目をさますべきである。

めざす不良は、当然ながら極道者やチンピラではない。「不良になるなら徹底してヤクザになればいい」という人もいるが、極道世界は、一般社会の裏にあるもうひとつの企業である。極道者が組の規約を守り、それなりの筋を通すのは、一般会社の社員が社則を守ることと同じ意識構造である。極道者は、その意味では不良ではない。組織に属して命令通り動くことは自由ではない。

三十八歳でぼくは会社をやめた。

やめたその日に背広とネクタイを捨ててしまった。これはあとから考えるとぼくのフライングであって、自由になったからといっても、背広とネクタイが必要なときはあった。それで、近所の洋服安売りセンターへ行き、一番安いツルシを買った。それでも、背広姿になるときは年に一度か二度で、そのうち、まったくいらなくなった。

ジーパンを買った。スニーカーを買った。野球帽を買った。こういうナリになれてしまうと、ネクタイをしめるなんてことが、いかに非人間的なことかわかってきた。ジャンパー姿が身についてきたとき、やっと一歩不良に近づいた。サラリーマン時代にできなかったことをかたっぱしからやってやろう、と考えた。

なにもすることがないので近所をブラブラと歩きまわり、たまに職安に顔を出し、職安の職員とケンカをした。むしゃくしゃするので立川競輪へ行った。すると、ぼくが手本とすべき先輩がいっぱいいたのである。休日でもないのに昼間から競輪場へ行ってゴロゴロしているのにロクなのはいない。ぼくは、ほれぼれと、そのロクでもない連中を見て、その仲間に入れてもらったのであった。

そのうち、競輪客のなかにも競輪のプロがいて、連日、仕事のように競輪場に通って入れあげている連中を知った。そういう人たちを、最初のうちは感心して見ていたけれども、しばらくすると、彼らが、物の怪《もののけ》にとりつかれているように思えてきた。全身全霊を競輪に入れあげる姿は、会社にいたモーレツサラリーマンと同じで、これではつまらない。ワーカホリック症の延長なのである。競輪にはまりすぎてしまって、競輪から自由ではないのだった。

競輪の客に学んだことは、ナリをかまわないことである。たまに、パンチパーマでビシッと背広姿を決めている極道筋のお兄さんもいたけれども、ほとんどの客がヨレヨレのズボンで、上着はドブネズミ色である。世間が自分たちをどう見るかは、まるで気にしていない。世間の常識から自由なのである。

不良とチンピラの違い

ぼくは制服というやつが大嫌いである。制服を着ている人間は、制服ロボットである。制服に自己を捧げて、また制服の権威の下で自己を守っている。極道のバリッとした背広も同じである。身なりによって自分にハクをつけようとする人種は、すでにそこのところで自由ではなく、不良にもなれない。大手広告代理店の友人が、アルマーニの背広を着て、ＢＭＷに乗り、「私らは背広を着た不良です」とうそぶいた。なるほどカッコいいが、これは不良を気どっているだけで、ただの企業チンピラにすぎない。

アインシュタインは、いつもヨレヨレの服を着て平然としていた。お気にいりはとっくりセーターと開衿シャツであった。着古した服を平気で着て、ボロ靴をひきずって学会でもどこへでも出かけて行ったから、アカデミーの紳士たちに、「非常識すぎる。礼を知らない。才はあっても不良学者だ」とののしられた。

靴下もはかなかった。一度、無理をして靴下をはいたが、「靴下はすぐ穴があく。靴下などなくても靴をはけることがわかった」と、大発見のようにはしゃいだ。理髪店へ行くのが嫌いで、長いモジャモジャの髪のままますごした。

ナチスがアインシュタインの首に五万マルクという賞金をかけたが、アインシュタインは浮浪者のようななりをしていたのでついに見つかることはなかった。

制服組はアインシュタインのような自由人を統轄できず、不良ときめつけて退治しようとした。不良は、いつの時代にも体制にさからっていうことを聞かない。

古着を着て女性をくどく

作家の檀一雄氏は、古着を愛用していた。女性や酒や食事には金を使っても、着るものには無頓着であった。ぼくは旅さきで、檀さんによく古着屋へ連れていかれた。一度は函館駅横の古着屋で買った。函館駅は終着駅で客の荷物の忘れ物がたまる。一年間保管して持ち主が現われないと、それを放出するのである。吹雪の日だったため、ぼくは檀さんと古着のオーバーを買った。タダみたいな値段だったが、そのオーバーは十年ぐらい使った。檀さんは他人のネーム入りの古着を着て、ドタ靴をはき、悠々と生きて女性にもてた。これぞ不良の真骨頂である。

檀さんと一味であった太宰治や坂口安吾といった無頼派は、みな、洋服には無頓着であった。いまどきの不良は、着ている服で自分の不良性を示そうとする。渋谷のチーマーはチーマー風、暴走族は暴走族風、楽団員は楽団員風、とそれぞれ定番がある。原宿族ではナイキの黄色いスニーカーがトレンドになっている。これも、形を変えた制服志向であって、着るモノによって、自分をどこかの派に帰属させようとする。ぼくにいわせれば、髪を濡らしてLAの古着Tシャツにナイキのスニーカーという原宿若造のいでたちは、いささかも自由ではない。牙をぬかれた小犬の群れである。幻想のシャツを着たピノキオである。

不良は流行なんぞには左右されない。だからファッション雑誌なんか読まない。流行なんかどうだっていいのだ。アインシュタインが、あまりに着るものに非常識なので、思いあまった奥さんがタキシードを作った。アインシュタインは、人をつかまえて、「私はタキシードを持っているぞ」と自慢するだけで、ついに一回も着ることはなかった。

自分勝手に生きろ

太宰治や坂口安吾、檀一雄といった無頼派は、家庭を顧みず、好き放題の放蕩をした。そこから破滅派と呼ばれた。太宰は自殺し、安吾はアドルム中毒になり、檀一雄は「火宅の人」となった。世間は、「こういうオヤジのいる家庭はさぞかし荒れて、子どもたちも悲惨だろう」と同情するが、なに、どこの家の子らも健在である。ぼくは、この三氏の御子息や御令嬢と知りあいだが、皆さんバリバリと仕事をしていらっしゃる。

親は自分勝手に生きればいい。子なんて、「知ったこっちゃない」と思えばいいのだ。

それで、参考になるのは、画家のゴーギャンである。ゴーギャンはパリの証券取引所に勤めてなに不自由ない豊かな生活をしていた。二歳下の妻とのあいだに四人の子がいた。そんなゴーギャンが、証券取引所をやめてプロの画家になると宣言したときは、妻はおどろいた。ときにゴーギャンは三十四歳であった。日曜画家にすぎなかったゴーギャンが突然そういい出したのを聞いて、妻は「夫は頭がおかしくなった」と歎いた。

画家になっても絵は一枚も売れなかった。そのうち五番目の子が生まれ、生活費を切りつめるため田舎町ルーアンへ行った。二年後には金を使いはたしてデンマークへ渡ったが、妻は逃げ出してしまった。ゴーギャンは、その後、タヒチへ渡り、タヒチの女たちを描いて五十五歳で死んだ。死因は梅毒である。

ゴーギャンは、父親として失格であったけれども、人間として自分に忠実であった。いまの価値観からいえば、妻子を捨てて放浪したゴーギャンは「ダメな男」の典型ということになるだろう。

ぼくは、二十年前のサラリーマン時代に、ゴーギャンの書『ノア・ノア』を持ってタヒチへ行った。タヒチには、ゴーギャン美術館があり、あの骨太の絵をじかに見ることができた。タヒチでゴーギャンの絵の前に立つと、ゴーギャンがなにをいいたかったか、がわかる。絵の技術や洗練度やうまいか下手かはどうでもいい。ゴーギャンの吐息がザラザラと伝わってくる。

ゴーギャンの立場に立って「ゴーギャン自伝」を書けば、ゴーギャンの妻メッテは夫に理解がなく金銭に汚い女性となる。事実そう書いてある本がある。梅毒で死んだゴーギャンを「悲劇の人」としてとらえることもできる。また、妻メッテから見れば、ゴーギャンは自分勝手の不良オヤジであり、いくらゴーギャンの画業が偉大だからといって、ゴーギャンの私行は許せない、ということになる。

評価はまちまちだが、唯一いえることは、ゴーギャンというオヤジがそこにいた、ということである。ゴーギャンが証券取引所をやめずに、趣味として日曜画家をつづけていれば、しごく安泰な一家が保障された。そのかわり画家のゴーギャンは生まれなかった。

最低の夫と最悪の妻

オヤジは、さまざまな制約にしばられている。きちんとした経済人であること。よき夫であること。妻にやさしく、妻を理解し、女性雇用を積極的に推進し、選挙は棄権せず、煙草は吸わず、会社は遅刻せず、税金はきちんと払い、セクハラをせず、上役には礼をつくし、部下を公平に扱い、決して威張らず、清潔な身なりをし、近所と仲良くつきあう。子をきびしく教育し、PTAには出席し、役員もたまにはひきうけ、塾代も払い、子に反抗されても我慢し、団地の草とりには欠席せず、駐車場割りあて抽選会では幹事をやる。会社にいけば業績をあげるために頭をしぼり、インターネットをおぼえ、取引先にはペコペコし、取引銀行にはおどされ、毎日会社の食堂で四百五十円の定食を食べる。

こんななかからゴーギャンは生まれるはずはない。

ぼくがタヒチに行ったとき、ゴーギャンの孫がコジキをしていた。それは観光用コジキで、勝手にゴーギャンの孫だと自称しているのであった。観光客は、ウキウキした気分で、ヤシの樹の下に座っているゴーギャンの孫に金を与える。ぼくもやった。一般市民は、ゴーギャンの孫に金を恵んでやることで、自分のなかにひそむ不良性を退治する。ゴーギャンの孫に十フランをあげたとき、ゴーギャンの孫はこちらの心中をみすかすようにニヤリと笑った。

金をもらうほうが精神的に上に立っている。そのとき、ぼくは「自分もいつの日か真似をしたい」と思った。その七年後ぼくは退職して本当にルンペンになった。まさか本当になるとは、そのときは思わなかった。

種田山頭火《たねださんとうか》は托鉢僧《たくはつ》となって、四国、九州を行脚《あんぎゃ》して歩いた。家々の門前に立って、米や金銭を貰い、その金で宿屋に泊まった。ある日、師の荻原井泉水《おぎわらせいせんすい》が、山頭火に「物を貰うコツは何か」と訊ねた。山頭火はすかさず「相手を呑みこむことです」と答えた。ふてぶてしいほどの不良である。

トルストイは自分の日記を妻に読ませた。「妻とのあいだには秘密があってはならない」というのがトルストイの言い分だったが、トルストイは女関係がみだらだったので、トルストイの妻ソフィアは苦しみぬいた。夫としてトルストイは最低の男といってよい。『戦争と平和』は、トルストイの口述を妻が清書した。そのなかで、トルストイは、あきらかに妻がモデルだといえる女性を登場させ、結婚生活の幻滅を語らせた。その結果、あの大作『戦争と平和』が完成された。

それだけをとって「トルストイは人間失格だ」ときめつけることは簡単である。いまの時代なら、妻がそれを暴露本に書いて夫に復讐することもあるだろう。トルストイの妻は、本が売れて入ってきた金で贅沢ざんまいの生活をした。どっちもどっちである。トルストイは民衆を救おうとした。そのためには妻をこき使い、自分は質素な生活をした。夫も妻も自分本位の不良であった。夫婦の関係はいろいろの形があっていい。亭主関白だろうが、家庭内離婚だろうが、カカア天下だろうが、贅沢ざんまいだろうが浪費だろうがそれは二人の関係であって、第三者がそれに口をはさむのはおせっかいである。重要なことは、最低の夫と最悪の妻がいて、『戦争と平和』が完成されたという事実である。

完璧な夫と完璧な妻からはなにも生まれはしない。せいぜい完璧な子が生まれることぐらいがせきの山だが、その完璧なはずの子がある日、突然、親をバットで殴り殺し、世間をあっと驚かしつつ安心させるのである。

もっとも、トルストイの場合は、八十二歳のときに家出をして旅さきの田舎駅で死んだ。不良は一人で淋しく死ぬことをおそれてはいけない。やりたいように生きる代償は、当然自分でひきうけるしかない。

アル中だった若山牧水

ポーはアヘン常用者であった。『シャーロック・ホームズ』を書いたコナン・ドイルもアヘンの常用者であった。

ベートーベンはアルコール性肝硬変によって死んだ。

ボードレールはハシシュの常用者であった。

ソクラテスはアルコール中毒で死んだ。
シューベルトは十五歳のときから酒におぼれて、晩年は指にしびれがきた。
オスカー・ワイルドはアブサンで死んだ。
モーパッサンは、ワイン、クロロフォルム、モルヒネ、アヘン、コカイン、ハシシュの常用者であった。

当時の麻薬は、偏頭痛をおさえるための薬で、公認されていたから、みんなのめりこんでいった。麻薬に副作用があり、習慣性があることぐらい、連中はみな知っていた。知りつつ飲んだのは、根が不良だったからである。

弊害を知りつつ不良に生きるか、健康を標榜《ひょうぼう》しつつ優等生に生きるか。それは、それぞれの人の好きずきである。お好きなようにやればよい。

酒の歌人として知られる若山牧水は、二十代にしてアル中になった。旅行中は一日二升五合の酒を飲んだ。死ぬ寸前まで、医者に頼んで薬に酒をまぜた。臨終では、奥さんが脱脂綿に酒をふくませて唇をふいてやった。末期《まつご》の水ではなく、末期の酒であった。牧水の死顔は、酒が入っていたため色つやがよかったという。

アル中の幻覚になやまされ、牧水は一時断酒をしたことがある。いくらやめても我慢できずにまた飲んだ。生来の不良である。それで幾山河を越えて、行くさきざきで酒の歌を詠み、酒にひたった。好きなようにやった。

ドイツ人でワイン狂といえばゲーテで、ゲーテは一日三本のワインを飲んだ。ゲーテは、ワインをまとめ買いして、しかもツケ払いだから、家計のなかにしめるワイン代はかなりのものであった。朝寝坊のゲーテは、起きるとめざましのコーヒーを飲み、つづけて、ワインを飲んだ。当然ながらアル中となり、禁酒を誓いながらも、飲むことをやめなかった。ゲーテは、医者から「せめて一日一本にしろ」と注意されても聞きいれず、「ワインが自分のエネルギーのもとだ」といい返した。

太宰治や坂口安吾は、薬中毒であった。安吾は睡眠薬アドルムと覚醒剤ヒロポンの両方を使っていた。眠くならないためにヒロポンを打ち、眠るためにアドルムを飲んだ。安吾は、その使用法までくわしく書きとめている。当時はアドルムもヒロポンも薬局で簡単に手に入れることができたが、安吾は「薬の製造法に不備があり副作用の害がひどい」と不満を書いている。安吾はアドルム中毒で入院し、伊東で温泉療法をした。躰によくないことを知っていながら薬をやめないのだから確信犯である。

では、安吾文学は薬害による異常があるか、と問えば驚くほど冷静である。むしろ、酒も飲まずに薬も飲まず、ひたすら時代に順応して生きた連中のほうが怠惰であった。

薬害が作品にはっきりと出たのは芥川龍之介である。晩年の『歯車』にははっきりと出ている。では、芥川の小説は堕落の産物かといえばこれもそんなことはない。芥川は、遺書ともいえる『或阿呆の一生』のなかで、島崎藤村のことをこっぴどく批判している。『『新生』

の偽善者」とののしっている。

藤村は日本ペンクラブ会長であり、謹厳実直な作家として評価されていた。藤村は自己にきびしく、酒を飲んで荒れず、礼儀深く、紳士的で、好学の士であり、睡眠薬のたぐいも使用しなかった。当時の文壇は、享楽派の永井荷風や谷崎潤一郎がかたほうにいたから、藤村の実直ぶりはいっそうめだった。

しかし、藤村は自分の家へ手伝いに来ていた姪《めい》と肉体関係を持ち、妊娠させ、あげくのはて台湾へ追いやって、その一部始終を『新生』と題して朝日新聞の連載小説とした。自分で悩みの火種を作り、それを告白小説として世に発表し、自己をさらけだすことによって責任のがれをした。これをマッチポンプ小説という。

自堕落な生活を白状して、文学的救済をなそうとする方法は、私小説の伝統であるけれども、藤村の場合は、作品を生むために意図的に事件をおこした。そのため、芥川は嫌悪したのである。強者（藤村）が弱者（手伝いの娘）を犯すという手口が芥川の気にいらなかった。芥川は、精神は錯乱しても、倫理観は強かった。藤村のやり口は気分のいい不良とはいいにくい。ずるく好色のヒヒ爺の非行、と芥川の目にうつったのであろう。

もっとも里見弴は「年寄りだってたまには間違いはおこす」と、大目にみていた。里見は骨太の不良で、自分も女にはずいぶん手を出したから、藤村のやり口を見ても、たいして腹をたてなかった。

不良だった平塚雷鳥

女房を交換した谷崎潤一郎と佐藤春夫に関しては、世の御婦人連はどのようにおっしゃるか知らないが、実情は、妻が夫を乗りかえたのである。佐藤春夫が谷崎夫人に横恋慕したのがことのはじまりだ。どっちもどっちだ。世間には「夫が妻を交換した」よう見せたのである。谷崎も春夫も不良だから、こんな芸当をシャアシャアやった。晩年の春夫は、もと谷崎夫人であった千代の尻に敷かれ、千代から逃げまわった。

女性運動家は、「女は差別されてきた」と金科玉条のようにいうけれども、明治、大正の女は、ふてぶてしく強い不良がゴロゴロといた。

平塚雷鳥は、森田草平と心中に出て未遂に終わり、そのあとは同性愛に走って、最後は七歳下の若い画家をかこった。管野須賀子にしたところで夫の荒畑寒村が入獄中に幸徳秋水と同棲した。これもたいした度胸だ。いや、こういった有名女性でなくても、五十歳をすぎるあたりから妻が夫を尻に敷くのは日本の伝統芸である。

女が男より酒に溺れないのは、女は夫をいたぶってストレスを解消できるからだ。悪妻を持った漱石は、妻の罵詈雑言《ばりぞうごん》に耐えられず神経衰弱になった。もとより胃病を持ち薬を多用していた漱石は、ついには吐血した。漱石が不良オヤジであったなら、もう少し長生きできたろうに、気の毒なことこのうえない。

川端康成は芥川の睡眠薬自殺を見て、睡眠薬の弊害を知った。にもかかわらず晩年は睡眠薬中毒となり、「『古都』は睡眠薬が書かせた小説だ」と告白している。康成は無意識のうちに、睡眠薬を飲んで死んだ芥川をうらやましがっていたのではないだろうか。

睡眠薬や酒に溺れなければ仕事ができないというわけではない。それでもやってしまうのは、根に好奇心まんまんの不良性があるからだ。ぼくは山本周五郎が睡眠薬の常用者だったと知っていささかおどろいた。あの山本周五郎でさえも、そうであったのだ。

不良になれないオトーさん

風俗産業が盛んで、キャバクラやら幼児プレイやら各種ソープ、テレクラまでいろいろの店が出揃っている。これは不良救済措置であって、不良をやろうにもできない不幸な時代の反映である。日常生活で不良ができない「立派なオトーさん」たちが、虚構の暗闇で不良を幻視するのである。さらには精神的に去勢された若いお兄ちゃんたちがウンカのごとく集まってくる。許可された敷地内密室での遊戯は、ファミコンゲームの延長にすぎない。自分が傷つくことはないし、緊張してピーンとはりつめる気迫もなく、自由もなく意志もなく、反省もない。

若い連中はどうでもよいとして、なさけないのは管理職だ。企業内の序列は、能力基準ではない。まして人間の価値でもない。それはみんなわかっている。ヨークわかっている。わかっているはずなのに、そこから逃げられない。

これは会社を辞めてみてよくわかった。ぼくは三十八歳で退職したからわかったのである。ぼくはサラリーマン時代、常務取締役という役職にあこがれていた。それで会社を辞めて仲間と会社を作ったとき、自分の名刺に「常務取締役」と印刷したところ、それでアッサリと気がすんでしまった。なんのことはない、名刺に刷りこんだだけで、「ああ、こういう気分か」とわかったのであった。

つぎに別の会社を作ったときは副社長と印刷した。副社長という役職もカッコいい、と思っていた。これもやってみたらすぐあきてしまった。で、社長を追い払ってぼくが社長になった。社長と印刷しても少しも嬉しくなかった。つぎの目標がなくなってしまったのである。社長は一年でやめて会長になった。会長をしているうちに、もっと偉い肩書きはなんだろうと考えて、象徴と印刷して、大いに感心された。会う人たちが、

「はあ、象徴ですか」

とニコニコしながら、(あんた単なるバカじゃないの)と小声でつけたした。ぼくは、ほめられたと思ってお礼をいったのであった。そのあげく、肩書きなんて、ワイシャツのガラのようなものだと気がつき、名刺の肩書きをはずした。

ぼくが作った会社は少人数で、子どもの遊びのような会社だけれども、大手大企業の社長や会長も同じ気分でいるのではなかろうか。その証拠に社長や会長は、早く肩書きをはずしたがっている。肩書きのないムクの人間になりたがっている。目ざす地点は、なんの肩書きもいらないマッサラの荒野である。

荒野のなかで嵐にむかってひとりで立つ。それから不良オヤジになる。

役職という蜃気楼

企業内での課長、部長、局長という役職は幻の蜃気楼にすぎない。役員になるときは、いったん会社を辞めるわけだから、ていのいい解雇である。いつ辞めてもいいという覚悟なしには役員は引き受けられない。これは会社で出世すればするほど感じる無常感である。今度は部下のだれに課長職を与えるかを考える側にまわる。みんなが課長になりたがっている姿を見ると哀れだと感じるようになる。それはつい二十年前の自分の姿なのである。

幻の蜃気楼を求めてあくせくすることがいかに無駄な行為であったかを、出世してから気がつくのである。

中間管理職はまだそこまで気づくに至っていないため、手に入れた、たかだか課長だの係長といった役職にしがみつき、いい子になってしまう。課長就任祝いに新しい背広を注文し、進んで企業の奴隷になろうとする。

係長になったらネクタイを捨てろ。

課長になったらジーンズをはけ。

部長になったらスニーカーで来い。

役員になったらアロハ姿になれ。

常務になったらバイクで出社しろ。

専務になったら妾を持て。

社長になったら社に出てくるな。

これが不良の心意気というものだ。

企業は、人間性を雇う集団ではない。企業は銭を儲ける組織である。企業がいくら社員厚生施設を充実させ、社内健康保険組合の面倒を見ようが、本質は変わらない。社員食堂の弁当を上等にしようが、社員旅行会をしようが、それらは、すべて利益をあげるための方策である。そういった社内保護互助装置に守られたサラリーマンは、会社は利益追求のためにあるのではなく、共存共栄のヨイ子の遊園地だと勘違いしてしまう。そういった幻想は、ここ三、四年のリストラでみごとに打ち壊された。会社に誠心誠意つくしてきた管理職は、まさかの退職を余儀なくされて、はじめて世の無常を知ったのである。

企業は、安い給料で効率よい収益をあげる者を求める。部長ひとりの給料で、働き盛りの二十代社員を二人雇える。いかに功績があっても、そんなことは、当人だけが考えている自己満足である。

借家に住めばいい

クビになるのはチャンス到来である。クビにならなきゃ目はさめない。目がさめたら不良になればいい。ムカシは不良の目がさめたらマジメ人間になったが、いまはマジメオヤジの目がさめて不良中年になる。

会社を辞めれば家を買ったローンを払えなくなる。かまわないから、そんな家は売り払って借家に住めばいい。漱石も鷗外も終生借家ずまいだった。ぼくだって、会社を辞めたときは買ったばかりの公団住宅を売り払った。公団住宅を手放したくないために社を辞められないなんて情けないではないか。

子を無理して大学に行かせる必要はない。家に経済的余力がなければ、高卒で十分だ。大学卒なんて、いったいどれほどの価値があるのか。幸田露伴は、士族の父親から「手に職を持て」と命令され、大学へ行かずに逓信技師となり小樽へ行かされた。それでも、小説家になりたい一心で職場放棄をして、歩いて東京まで帰ってきた。それで小説家として腕をあげ京大の講師になった。

夫の無能をののしる妻には、どうぞ家を出ていって貰いなさい。男が女を食わせなければいけないなどと誰がきめたのだ。女性は強くなり、自立して、能力もあり、だから夫の無能にいらだち、夫をののしるようになった。

亭主関白という言葉は、「男は会社で働き、女は家を守る」という、実質上女性有利時代の産物であった。あれは「男をおだてて威張らしておいて、女はひっこむふりをしつつ家でグダグダ昼寝をする」作戦であった。女は、男に「名」をとらせて、自分たちは「実」をとった。

夫婦にはそれぞれいろいろの形態があり、当人どうしがよければそれでよい。それでよいが、不良精神がなくなった男は、ぬかれもしない牙を虫歯でダメにした狼のようなものである。なにかをしたいと思ったら、不良になる。ゴーギャンになる。少しずつゴーギャンの真似をしてみる。

不良の虫を見下すな

不良になれないのは、じつのところ、妻が悪いのでもなく会社に責任があるのでもなく、自分にイクジがないのである。幻視している社会的地位にしがみついてなにもできない。見えざる敵にビクビクしているだけである。

ノーベル賞作家のヘミングウェイは晩年はアルコール中毒で、歩けないほどヨロヨロになり、自殺をとげた。そのことを世間の連中は「悲惨な最期」というが、ヘミングウェイにとっては、やりたい放題の幸せな生涯だったろう。自殺は、自分勝手に不良生活をやりつづけた果ての結果にすぎない。ゲーテにしろベートーベンにしろ康成にしろ、それはすべて同じである。やった本人にしか本当のところはわからない。

自分の心のなかでムックリとおきあがる不良の虫を見下してはいけない。自分を見下すくらいなら自信過剰のほうが上品だ。なぜなら、自信過剰の人間をやっつけるのは気分がいいが、自分を見下す人間をはげますのはじつに疲れる。

ムックリとおきあがってきた不良の虫はやがて怪物となり、自分の躰を乗っとって動きだす。そうすればしめたものだ。虫歯もちの狼は、新しい牙を入れて新たな獲物をさがしに出かければいい。

⑦

われらオヤジ世代の「恋の方程式」

不良にはフェロモンがある

五十歳を過ぎてから不良でいるのは、精神力も体力もいる。ノンキなトーサンになりきってしまえば気が楽だが、そう簡単に不良生活からおりたくない。まだ色恋を捨ててはいけない。危ない男でいなければいけない。

高校時代の同窓会に行けば、トーサン組と不良組はほぼ半分に色わけできる。トーサン組は①安物の背広を着て、②頭がはげ、③口臭が強く、④冬はモモヒキ、⑤夏はステテコ、⑥パンツは妻が買った安物、⑦すぐ名刺を渡し、⑧やたらと声高で、⑨態度がでかく、⑩二重アゴで、⑪腹が出て、⑫カラオケ好き、⑬手が脂じみて、⑭流行語を好み、⑮磁気ネックレスをつけ、⑯ジンタンを嚙み、⑰やたらと酒をつぎ、⑱娘の自慢をし、⑲会社の業績を自慢し、⑳読みかけのスポーツ新聞を捨てきれずにカバンに入れ、㉑胃薬を持ち歩き、㉒オデコをぱちんと叩き、㉓手をすりあわせ、㉔爪にあかがたまり、㉕ペンだこがあり、㉖人差し指にインクのしみが残り、㉗ひげの剃り残しがあり、㉘トクホンチールの匂いがあり、㉙ゴルフの景品のネクタイをしめ、㉚ゴルフの景品の傘を持ち、㉛靴は二年前買ったままで、㉜ガニマタで、㉝髪にふけがたまり、㉞目尻のシワが太く、㉟目ヤニがつき、㊱鼻毛が長く、㊲ワイシャツの胸にネームが入り、㊳ポケットにパチンコ屋のティッシュを入れ、㊴株価の値下りをなげき、㊵妻の愚痴をいい、㊶財布は軽く、㊷責任は重く、㊸政界の裏話に詳しく、㊹すぐアクビをし、㊺ゴルフ用シャツをつけ、㊻円高をなげき、㊼ローン返済を自慢し、㊽精力ドリンクにうんちくがあり、㊾持論はテレビ討論会のうけうりで、㊿つまようじをくわえながら歩く。

ぼくも、正直な話、トーサン組のほうで、ここにあげた項目の半分以上は自分のことである。われながら、なさけない。

それに対し、不良組には、そこはかとないフェロモンがある。「こいつら、会社のＯＬに片っぱしから手を出しているだろう」と、くやしくて、蹴とばしたくなる。五十歳をすぎても高校時代の面影があり、「青春」を宿している。「色男、金と力はなかりけり」っていうからな、「どうせ、ろくな仕事をしていないだろう」とたかをくくると、じつは、そいつらのほうが金も力もある。

不公平である。どうしてこうも違ってしまうのか。涙ぐみながら、わが半生を呪うことになる。

駆けひきにたけたダイアナ妃

生涯に三百人以上の女性を愛したというプレイボーイに、オペラ歌手の藤原義江がいた。

色男で人気の歌手だから、やたらと女性に人気があった。藤原義江は、四十歳のとき、妻子ある身でありながら、十八歳のプリマドンナ三上孝子に恋をして、「きみの子どもがほしい」と恋文を送った。このころの藤原義江は色恋の達人であったが、もてた男は晩年になっても昔の夢を捨てきれない。そのころあいが難しい。

神田正輝と松田聖子が離婚した。

離婚した聖子とダイアナ妃には、ちょっとした共通点がある。それは、夫がともに十二歳年上だったことだ。二人ともけっこう「年上のオヤジ」が夫だった。

聖子は三十四歳の女盛りだが、夫の神田正輝は四十六歳で、すでにオヤジの年齢域に近づいている。十二歳の年の差は、男がプレイボーイであったことも意味する。神田正輝が女性にもてることは、所属する石原プロモーションのなかでも、ぬきんでていたという。

いっぽうチャールズ皇太子は、最初はダイアナ妃の姉セーラー・スペンサーが恋人であったが、つぎにブロンドでグラマーなデール・ハーパーとつきあった。そのつぎがカミラ夫人(当時は独身)であった。カミラ夫人は、チャールズがなかなか結婚を決意しないので、陸軍士官と結婚してしまった。そのつぎはスコットランドの大地主の娘であるアナ・ウォリスで、情熱的で気の強い娘だった。足しげく宮殿に通ったが、アナ・ウォリスはチャールズ皇太子のプレイボーイぶりを知っていたので、結婚に慎重であった。チャールズは気まぐれで、舞踏会のとき、アナ・ウォリスが来ているのに、かつての恋人カミラ夫人を相手にした。それで、アナは怒ってチャールズと別れた。

そこへあらわれたのが十九歳のダイアナであった。ダイアナはひたすらチャールズのあとにつきまとい、水着姿を見せたり、ダイビングの腕前を見せてチャールズの気をひいた。ダイアナは人目をはばからずチャールズを追いかけた。はじめはグルーピーのような存在だった。そのうち、チャールズが自分に興味を持つと、逃げてみせてチャールズをじらせた。なにも知らぬ小娘を装いつつ、したたかな駆けひきにたけていた。

プレイボーイを相手にする女は、はじめは自分の正体をあかさない。恥ずかしそうにウブな娘を演じてみせる。自分までをもだましてみせる。ダイアナはその典型であった。

そして、いったん結婚すると、おくめんもなく自分のワガママを押し通す。名うてのプレイボーイは純情無手勝流に弱いのだ。やがてその子どもが生まれれば、やりたい放題になる。

世間はそういった妻をもてはやす。

聖子もダイアナ妃もそこのところが似ている。離婚は当然ながら女主導になる。

離婚後のダイアナはそうした才能をますます発揮し、突然、交通事故によって三十六歳の生涯に終止符をうった。

平成不良フーフの鑑

聖子と正輝は「フーフであることが奇蹟」といわれた仲である。妻が愛人を作って、それが暴露本になっても平気でいられる正輝の度量はたいしたものだが、なに正輝にだって愛人はいたはずだ。まあ、とにもかくにも、二人は「無事に離婚」したのである。

聖子と正輝は、平成年度の不況期に咲いた不良フーフの鑑であった。正輝も金を稼ぐが、聖子はそれ以上稼ぐ。暮れの聖子ディナー・ショーでは一晩に九千万円稼いだ。家庭に男が二人いるようなものである。半年をアメリカで稼ぎ、半年を日本で稼ぐ。正輝はヒモになれば楽だろうが、聖子は自分の稼いだ金は実家へ入れたがる。聖子のヒモは、聖子のオヤジがやっている。だから成城にも実家用の家を建て、ロスきっての高級住宅地ウェストウッドにも新居を構えた。聖子は日本企業戦士の女性版である。思い入れているのはロスのほうで、これからはロスにいる時間のほうが長くなる。

聖子にとっては「正輝切り」は時間の問題であった。それはダイアナ妃にとっての「チャールズ切り」も同様で、「いかにワルモノにならずに夫と別れられるか」が課題であった。男でも妻と別れるときは同じことを考えるから、フィフティ・フィフティだ。

神田正輝はダンディで、不良中年の鑑である。正輝だって妻に切り捨てられるのだから、

「オレたちは、だいじょうぶだろうか」と不良になり切れないオヤジは心配する。

不中研を設立

正月に近所のオヤジ組が集まった。みんな自分の将来に不安をいだいている。四十代のオヤジも四、五人いたがあとはみな五十代のオヤジばかりであった。四十代の料理店経営主が、

「聖子は平成の観音様だ」

といった。この男はデビュー当時から聖子のファンである。別の四十男は、

「ママドルを脱し、リコンドルをへてババドルへの道をめざす」

と分析した。

聖子は、現代の女性たちがあこがれることをすべてやってきた。①悲恋の別れ（郷ひろみ）、②貴公子との結婚（正輝）、③ハワイでの整形手術による変身、④働く女性（ママドル）、⑤ニューヨーク生活、⑥アメリカ青年との不倫の恋、⑦離婚、の七つである。この七つは現代の女性がやりたいことばかりの七大事業である。フツーのＯＬにできるのは、せいぜい④の働く女性と⑦の離婚ぐらいのものである。聖子は、「女が欲しいもの」をすべて手に入れてきた。

つぎにめざすのは、⑧アメリカでの成功、である。それをなしとげるために、マーキュリー・ミュージックエンターテイメントに移籍した。

五十代の商事会社部長が、

「正輝やチャールズ皇太子のほうがぱっとしない。色男もつらい」

といった。

「いや、有名妻に逃げられた夫には同情が集まって、こちらも付加価値がつく」

と広告代理店課長が分析した。

「モンダイは、われわれオヤジ組だ」

当日集まったのは十九名であった。

銀行支店長一名、コンピュータ製造会社部長一名、商事会社部長（子会社へ出向中）一名、大学教授一名、雑誌編集者二名、広告代理店課長一名、床屋主人一名、医師一名、建材店経営一名、酒屋一名、税理士一名、工務店経営一名、料理店主一名、イラストレーター一名、コンビニ経営一名、ネジ工場経営一名、不動産業者一名、それにぼくである。

ここに「不良中年行動規範研究会」（略称不中研）が設立された。

オヤジたちは孤独だ

酒屋の主人は、ここ二年間、援助交際なるものをやっている。わが町にも女子高校生は多く、一回三万円で性交渉に応じる。

「最近は一万円でもできる。いつでも紹介してやる。ただし市の外のモーテルでやれ」

と酒屋主人がいった。ぼくがすむ町は文教地区である。そのため映画館や、パチンコ店ほかの風俗営業は規制されている。そこでも公然と援助交際が成立している。昨年の暮れ、わが町でS（覚醒剤）を使っていた女子高校生がつかまったというニュースが新聞に書かれた。

「三万円出せばフェラチオもするし、アナルセックスもやらせる」

と不動産業者が補足した。

オヤジどもは、フムフムと興味を示しながらも「うちの娘は大丈夫だろうな」と、そちらのほうが不安そうである。援助交際をしてみたら、知人の娘だったということもあり得るのだ。

先日、四十歳を過ぎた高校教師が、中学生相手の援助交際が発覚して処分された。こういうのは恥ずかしいし、みっともない。ここに出席している十九名も、高校生相手の援助交際をしてみつかれば、ただではすまない。

また、六十歳すぎの会社社長が三十歳下の愛人と姿を消したまま行方不明というニュースもある。世間に名の知れた一流会社社長がなんでそんな挙に出たのかがわからない。

オヤジたちはみな孤独なのである。

腹が出たハゲオヤジが、ひとたびカラオケのマイクを握れば、そのほとんどが「恋の歌」ばかりだ。バーの片隅のカラオケの薄暗がりのなかに、ハゲオヤジは、あり得もしない恋を幻視するのである。

「人妻の不倫が盛んです。いまは、不倫ではなく非倫の時代だ」

税理士が溝口敦の『非倫』を手にしながら講釈をした。この税理士は昨年離婚したばかりである。

「結婚後七年もたてば、妻は夫の愛撫の手順にあきてくる。もっと別の男のを体験したくなる。そこに罪悪感はない」

かつては男たちがやっていたことである。しかし、これは二十代～三十代の現象で、オヤジには無縁である。

三人で一人の女性を取りあう

五十二歳の大学教授が、

「小学校時代の同級生の女性を、別の男と取りあっている。ぞくぞくするくらい興奮する」

と報告した。

その人の小学校の同級生が、卒業後四十年ぶりに、はじめて同窓会を開いた。二十八人が集まり、すでに孫がいる女性もいた。そのなかに、いまだ独身を通している女性がいた。その女性を見ると、出席していた男たちの目の色が変わった。さっそく三人がその場で口説きはじめ、大学教授もその一人なのだという。

「もう、別の男とできてるかもしれないが、私はあきらめません」

と大学教授は決意のほどを語った。

イラストレーターは、それを聞きながら、フフンとせせら笑っている。この人はぼくと同じ年齢だが、売れっ子で、女性にもてる。ねらった女ははずしたことがない。この人は無口で、不精ひげを生やし、ちょっと見た目はおとなしそうに見える。それでつぎつぎと女性とできるのだから、ぼくはくやしくてしかたがない。どうも背中のあたりから五十男のフェロモンが出ている。

悠々としていた渋沢栄一

かつて花柳界が盛んであった時代は、度量と金がある男は妾宅を構えた。商工会議所を組織した渋沢栄一は、自宅は飛鳥山にあるが愛人を代えるたびに妾宅の場所が変わった。あるとき、緊急の用件がおこり、部下が浜町の妾宅に押しかけると、家のなかから「かようなところに渋沢がいるわけがありません」と本人が答えた。悠々としたものである。

最後の元老といわれた西園寺《さいおんじ》公望《きんもち》は七十一歳のとき二十五歳の妾を囲った。その若い妾が愛人を作ったことを知った公望は、妾を土蔵に入れて謹慎させた。それでも愛人の子を身ごもったため、暇を出した。

あまりに若すぎる相手は、西園寺公でも手をやいた。いまはなおさら、そうである。

「どうして、おまえばかりがもてるんだ」

と、ぼくはイラストレーターに訊ねた。

「方程式がある」

とイラストレーターはいい、つぎの数式を示した。

$$\frac{(\text{男の年齢})\times 2}{3}+10$$

これは、そのイラストレーターが相手にしてきた女性の年齢である。いまつきあっている恋人（人妻）は、五十四のときに会った女性で、そのとき、女の齢は四十六歳だった。女性の名前をきいて、一同は「アッ」と声をあげた。その女性は、一世を風靡《ふうび》した有名な歌手であったからだ。

四十代は男が化ける年代

ガゼン、不良中年行動規範研究会は衝撃をうけた。巨人軍の長嶋監督には「勝利の方程式」があるが、オヤジ世代にも「恋の方程式」があるのだ。

一同はさっそく自分の年齢で計算を始めた。これを西園寺公の七十一歳で計算すると、相手の女性は五十七歳になる。七十一歳になったとはいえ、五十七歳の恋人というのは、少々つらい。「この方程式は二十代から三十代むきだ。それに、恋人というより、結婚相手の年齢である。現代はもっと多様であるから新しい方程式を作成しよう」

と大学教授が提案した。

「それを是非お願いします」

とイラストレーターはうなずいた。さしものイラストレーターも、この方程式は五十代には適していないことのジレンマにおちいっていたようであった。

オヤジどもは紙と計算器を持ち出し、各自の経験をもとに方程式を作ったが、その日は結論が出なかった。そのため、さらに一週間後に第二回研究会を開催し、つぎのような方程式ができあがった。

30代 $\dfrac{\text{男の年齢}+68}{3} \geqq \text{女性の年齢} \geqq \dfrac{\text{男の年齢}+48}{3}$

40代 $\dfrac{\text{男の年齢}+35}{2} \geqq \text{女性の年齢} \geqq \dfrac{\text{男の年齢}+15}{2}$

不中研が提唱するのは「五十歳からの不良」であるから、三十代、四十代はじつのところ、どうでもよい。ただし集まった不中研のメンバーには四十代がいたため、念のため作成したのである。

例えば三十一歳の男性ならば、二十六歳から三十三歳までの女性がいい、ということになる。三十九歳の男ならば二十九歳から三十五歳までとなる。

四十代の場合は、女性の年齢巾《はば》が広くなる。なぜならば、男は四十代になるとガゼンもてるようになるからである。三十代のうちはまだ青くさく、理窟っぽく、金もなかった男たちが、四十代になるとヒトカワむけて、男っぷりがよくなる。ビジネスマンにとくにその傾向が強い。四十代は男が「化ける年代」である。

この数式でいくと、男四十一歳ならば、二十八歳から三十八歳が適齢となる。男四十五歳ならば三十歳から四十歳が適齢である。

自分の年齢をあてはめてみて「自分はもっと若い恋人がいるぞ」と感じる人がいるだろうが、そういう人は、自慢する前に自戒したほうがよい。四十代の男はよくもてるが、あまりに若い女性だと火傷《やけど》をする可能性が強い。

断っておくが、ここにあげた年齢は、結婚の相手ではない。ガールフレンド、恋人、愛人、あるいは不倫、と、なんと呼んでもいいが、ようするに性関係をともなう女性友だちの意味である。数式を作ったのは不良中年である。

また、この数式は、経済力自活力をともなった女性たちが、恋人とするに適した男の年齢を計算するうえでも、同様である。男の年齢を女性の年齢と入れ替えればよい。

見栄をはるな

さてモンダイの五十代である。これは手ごわいので一覧表にした。五十歳～五十五歳がいかに若いかは、なってみればわかる。三十歳のころは「五十歳なんて、人生の黄昏《たそがれ》」と思っていたが、五十歳代の精神構造は高校生時代並みである。それは成人してから三十年のキャリアがそうさせるのである。

ぼくの体験でいえば、五十歳のとき新宿三丁目を歩いていて、目につく若い女性を片っぱしから強姦したくなって困った。

この式によると五十一歳ならば三十一歳から四十三歳までが適切ということになる。ぼくは五十五歳だから自分をあてはめると、三十三歳から四十五歳までの女性ということになる。正直いって「まだ二十代の女性とつきあう体力はある」と思うが、それは自分の娘と同じ年齢である。家で娘が話しているのを聞くと、「こいつらを相手にするのはきつい」と思う。

いくら体力に自信があっても、精神構造や興味の対象が違うのは

表① 恋人として理想的な女性の年齢

(不中研調べ) 1997 年版

50 代	$\frac{男の年齢+35}{2} \geqq 女性の年齢 \geqq \frac{男の年齢+11}{2}$
60 代	5 歳以上、下の女性
70 歳以上	女性ならだれでもいい

気がつかれる。音楽ひとつとっても好みが違うのだから、あまり見栄をはって若い女を追い求めるのは、不良オヤジのすることではない、というのが不中研の結論であった。無理をして若すぎる女性を相手にしたがるから、オヤジは永遠にもてないのである。

不中研では、折しも二子山親方夫人の離婚が話題になったときだけに、こういった方程式にとらわれがちになった。品がなくて申しわけなかった。本来は、五十歳からの不良は、そんなガツガツと女を求めているわけではない。むしろ、女の呪縛《じゅばく》から解き放たれて、釣りをしたり、ハイキングへ行ったり、温泉へ行ったり、男仲間で悠々と酒をくみかわそうというのが趣旨である。

藤原義江のむこうをはって三百人の女性をモノにした俳優に、アラカンこと嵐寛寿郎がいる。生涯三百人という数は尊敬に価するものの、これが女だったら不名誉になる。プロの売春婦ならば三百人どころか三千人の男を相手にした女性は沢山いる。売春婦の場合は相手から金を受けとっているのだから一枚上手ということになる。藤原義江にしろアラカンにしろ、放蕩の奥にはてしない孤独がかいま見える。

アラカンは六十六歳のとき二十五歳の久子さんと四度目の結婚をした。四十一歳下である。老いてますます盛んとはいえ、これはやはり無理があった。名声もあり、財力もあり、精力もある超人アラカンだからできた、と世間は驚嘆した。しかし、アラカンは、脳卒中で倒れて、ベッドの上の人となった。妻の久子さんとは死ぬ二ヵ月半前に離別した。死んだのは京都の小さな家の片隅である。多くの女性をモノにしたからといって、多くの女性に見とられるわけではない。

名うてのプレイボーイは、愛情病患者ともいうべき症状で、生きる意味を女に愛されることだけにしか見出せない。有名俳優や歌手が、自分より四十歳以上若い女性を妻にする例はよくあって、世間はそれをうらやましがる。実態は藤原義江やアラカンのようにつらい。

夫婦にもＦＡ制導入を

不中研の席上、ぼくは夫婦ＦＡ制の導入を提唱した。野球やサッカーにはＦＡ制があり、球団との一定期間の契約を過ぎた選手は、トレードの対象となる権利がある。

これを夫婦のあいだにも制定する。

野球やサッカーのＦＡ制には、いろいろとこまかな規約があり、それを夫婦間の規約として、作成して貰いたい。

これは幾人かの賛同を得たものの、いまのところ正式な案を作るに至っていない。

例えば結婚後二十年を経過した夫婦には、ともにＦＡ宣言をする権利が生まれる。それでＦＡ宣言した夫は、他の女性からの金銭トレードの対象となる。ＦＡ宣言した男を自分の夫とするためには、新しい妻はその夫の年間収入の五倍を先妻に支払うものとする。

それまでの貯蓄、不動産のたぐい、つまり結婚後の両名の資産は折半とする。子がいて妻側が子をひきとる場合は、子の成人あるいは教育課程修了までの学費は、その大半を夫側が支払うものとする。

やりはじめればいろいろ細かい規約ができるだろうが、いずれにせよ、夫婦関係にFA制を導入する。

このFA方式を用いれば、社内不倫の清算は、しごく合法的にできる。四十歳の課長で年収一千万円ならばその男を手に入れるため、女性は五千万円を用意すればいい。五千万円の出資はきついだろうが、ようは、それだけの金銭を支払っても、もとがとれるオヤジかどうかが問われる。男のほうがきつい。もっとも、男側も妻との間の財産の半分があるわけだから、それを持参し、トレード・マネーの一部にすればいい。

五十歳で二千万円の年収がある夫ならば一億円の移籍料が必要になる。五十歳のオヤジは、はたして一億円払ってでも自分を買う女がいるかどうか、胸に手をあてて考えてみる必要がある。いまのところ、そんな力のあるオヤジは少ないが、なにプロ野球選手にしたところでFA制の対象となるのはごくわずかの人である。

交渉がまとまって、多額の資金を手にした妻は、その資金をもとにして、FA宣言している他の夫を捜せばいい。

移籍料を払った新しい夫を手に入れた妻は、「あんたにはこれだけ支払ったんだから、そのぶんしっかりしてもらわなきゃだめよ」とはげますから、男もうかうかしていられない。

夫婦FA制の利点は、それが男女関係の循環をよくするところにあり、商品価値としての中高年男女の意識をたかめるところにある。また、離婚という心理的マイナス面がない。子どもは「うちの両親は離婚しました」というより、「父はFA制で移籍しました」といったほうがいいではないか。

FAを宣言した夫が、十年間移籍がきまらない場合は自由契約選手となる。五十五歳ぐらいから自由契約亭主が出てくる。この年になると、妻も夫にはあきてくるから、「どうぞ御勝手に家を出て行って下さい」という。家を出るときは貯金や財産は折半とすることは夫婦FA制と同じである。

六十歳で定年をむかえたオヤジは、気が弱くなってきて、妻に頼る。それまでの男と女の立場が逆転する。妻は恐いものがなくなり、増長して夫をないがしろにする。するとオヤジはますます不安になって、濡れ落葉状態になる。これが一番みっともない。

ヘソクリの作り方

しかし、これも夫婦FA宣言をして以降の緊張感があれば克服できる。あとはお金の問題である。不良オヤジたるもの、妻に秘密の隠し貯金を作っておくことが必要である。とくにサラリーマンには源泉徴収票なるものがあり、年収とそれによる税金が明示されてしまうから、なかなかヘソクリは作りにくい。不良中年のヘソクリの基準は、つぎのような額が適切である。

表② 妻に秘密で作る年額貯金
（不中研調べ）

年収 1000 万円までの人	年収 × $\frac{1}{10}$
年収 1500 万円までの人	年収 × $\frac{1}{8}$
年収 2000 万円までの人	年収 × $\frac{1}{6}$
年収 3000 万円までの人	年収 × $\frac{1}{4}$
年収 5000 万円までの人	年収 × $\frac{1}{2}$
年収 5000 万円を超える人	好きなだけ

わずかずつでも貯金しておけば、いざというとき、妻に相談せずにすむ。一流大企業に勤める五十一歳の部長で、うっかり関連企業の三十七歳の独身OLと三回だけできて、「妊娠したからどうにかしろ」とおどかされた。あわてて妻に相談して、貯金から百万円おろして、慰謝料として支払った。その部長はおかげで亭主の権威がガタオチとなり、一生、妻に頭があがらない。

十年間隠し貯金をすれば五百万円ぐらいはたま

る。これは家計と別のお金であるから、いざというとき、妻に相談なく使える。一度妻に渡してしまったお金は、子どものころ親に渡したお年玉と同じで、二度と戻って来ないと思ったほうがいい。

あるいは、給料をいったん自分の銀行口座に振りこみ、そこから生活費に必要な額を妻に手渡す人もいるが、これは最初から妻の不信を招きがちである。年収はオープンにしてそこから自分の秘密貯金をひねり出すところに妙味がある。秘密貯金が増えてくると、不思議なもので、それを使うのがおしくなり、悪い女にひっかからなくなるという利点も生じる。

愛人がいる場合、愛人のために使う金は、表②にある秘密貯金年額とほぼ同額である。相手の年齢や生活水準によって差が生じるが、ようは、その年額の水準でつきあえる女性を選ぶ。年収一千万円以下の人は使える額は少ないものの、まだ歳も若く、相手の女性も仕事を持っていることが多いため、少額ですむ。ただし、若い年齢どうしの不倫は、それが結婚になる場合もあり、愛人はたちまち、恐るべき妻になる恐れがある。

歳をとるごとに、男側のハンディは多くなるのはやむを得ない。歳をとると男はケチになる。不良中年は、自らのうちのケチ心を克服する努力が必要だ。

ビール王と称された実業家馬越恭平《まごしきょうへい》は、女千人斬りを達成した好色の達人である。花柳の巷《ちまた》では、「馬大尽」と呼ばれた。馬越は晩年、財界の長老となるとケチになった。築地の待合で、艶子という芸妓に金をせびられ、自分の名刺の横に「この名刺を持参した艶子に金三

表③　好ましい年間の性交回数（不中研調べ）	
45〜49歳男性	$\frac{(男の年齢+女の年齢)\times 5}{7} \geqq 年間回数 \geqq \frac{(男の年齢+女の年齢)\times 2}{9}$
50代男性	$\frac{(男の年齢+女の年齢)}{3} \geqq 年間回数 \geqq \frac{(男の年齢+女の年齢)}{9}$
60代男性	$\frac{(男の年齢+女の年齢)}{6} \geqq 年間回数 \geqq \frac{(男の年齢+女の年齢)}{60}$
70代男性	各人の体力により調整
80代男性	無理はしないほうがいい

百円をお渡し下されたし」と書いたが、すぐに気が変わって名刺を破り、火鉢のなかに突っこんだ。この名刺は表具師の手でもと通りつなぎあわされ、何十倍に拡大複写されて軸物になった。結局、馬越はその軸物を高値で買い取らされるはめになったという。

さて五十歳を過ぎた男は、年間、愛人とは何回ぐらい性行為をするのがよいか、という件も不中研の議題となった。

これがその方程式である。

各自はとくに計算して、反省なり、自粛なり発奮していただきたい。じつのところ、こんなことは各自が気分がむいたときにやればいいが、「セックスで脳は進化する」ことがわかったから、ここに記しておくことにする。

⑧

往生際は悪くてよろしい

「ナイルの水の一滴」

志賀直哉は八十八歳の天寿をまっとうしたが、大往生とはいわない。往生というのは仏教用語で「この世を去って極楽浄土に生まれ変わる」という意味である。直哉は来世を信じていない。直哉は自分の存在を「ナイルの水の一滴」にたとえていた。葬儀は無宗教で行われた。また、出家して僧籍にあった兼好法師にしたところで、世の無常は説いたものの、本心は来世など少しも信じてはいなかった。『徒然草』を読めばわかる。

ぼくは、直哉がいう「自分はもともとナイルの水の一滴のようなもので、死ねばまたもとの水の一滴に戻る」という無常観に同感する。往生などしなくていい。大往生も中往生も小往生もいらない。往生際は悪くていいんだ。みっともなくてけっこう。そう思ったほうが気分よく死ねる。

長生きした志賀直哉にむかって、弟子の網野菊は、九十七歳で亡くなった妙心寺管長の談話をあげ、「人間はいつ死んでもいいという覚悟よりも、いつまでも生きていてもいいという覚悟を持つことのほうが大事だ」といった。長寿時代の現在にあっては、この話のほうがずっと切実である。

ダラダラと生きるのが極意

八年前、ぼくは大量に吐血して、突発性貧血症により、救急車で病院へ運ばれた。気がついたときは病院のベッドの上にいた。病院に運ばれなければ死んでいたところだった。大往生どころか立往生ということになるか。

吐血して、口からドクドクと血が流れるのを見て、「こりゃ凄えや」と思った。水道の蛇口から水が流れ落ちるようにザーザーと出てきた。そのうち指先から力が抜け、背骨がぬるくなり、空気を抜かれた風船のようにスーッと全身がしぼんだ。突然だったので、「死」のことを考える暇がなかった。本番の死でも、おそらくこんな感じでくたばるのだろう。死んでしまったら、人間はただの物体であるから、あとは申し訳ないが、生きている人に始末してもらうしかない。

志賀直哉が死んだ五年後に、直哉の友人である武者小路実篤が九十歳で死んだ。実篤も無宗教による葬儀だった。無神論者は、どうもお迎えが遅れる。来世があるとすれば、来世の側は無神論者なんぞには来てはもらいたくないから、ついついお迎えがしぶりがちになる。信者が優先され、無神論者は長生きすることになる。実篤の晩年はボケて、書く文章は繰り返しが多くなり、主語述語が乱れて、変なものになった。死んだことが新聞記事に載って、世間の人は「なんだ、まだ生きていたのか」と気がついた。河上徹太郎は『新潮』追悼号に「この作家は何だかいつまでも生きている人みたいな気がしていたが、やはりそうもいかならしい」と書いた。

長生きしてボケることをみっともないと思う人もいるが、ぼくはそうは思わない。ダラダラと生きるのも不良の極意である。直哉や実篤が属した白樺派は理想主義をかかげたが、連中は若いころから家の手伝い女性その他の女に手を出し、かなりのワルであった。直哉のことを「偽善者」よばわりした太宰治のほうが、悪ぶってはいてもむしろ純情で弱かった。

長寿社会になると、みんな「カッコよく死のう」ということばかり考え、それがかえってストレスになる。死に方は人間の最後の見栄であり、「カッコよく死ぬ」にこしたことはないが、それにとらわれすぎるのも困る。そのへんのコツが難しい。それでも死んでから、「あの人は立派な人だった」と思われたい。

どこまでも業が深い。死んでからも世間にほめられたいと願う心はあくまで生きている間の虚栄心であり、死んでしまえば関係のないことだ。死んでからほめられたって死ねばそれっきりである。死後の名誉を願う心は、生きているあいだの願望である。死は、テレビゲームのリセットと同じで、死ねばすべてチャラになる。

「生きてる人の世の中」とはよくいったもので、この世は生きている人のものである。

業が深かった道長

大往生の代表は西行である。西行は、かねがね釈迦入滅の日に死ぬことを望み、

ねがはくは花の下にて春死なむ
そのきさらぎの望月のころ

と歌って、その予告どおりに往生をとげた。それを知った人々は感動し、西行の名声は現代にまで至っている。西行はプロレスラーのような大男で、皇后に恋をしたり、荒法師文覚を投げ飛ばしたり、かなりのワルであったが、死に方がうまくて、人気を得た。

西行が尊敬した釈迦も、バラモンより「はげ坊主よ、にせの道の人よ、そこにおれ」とののしられたが、逆にバラモンを説諭して仏教に帰依《きえ》させたという。奸計《かんけい》により女の誘惑者が近よってもうまくかわした。悪評をたてられると「七日間たてば忘れられる」とうそぶいたほどの剛の者である。釈迦は、八十歳のとき、沙羅双樹の下で入滅して、一身に世の尊敬をうけるに至った。

釈迦も西行も不良の血があって、死に方が見事だったから、死後の栄誉を得たのである。

しかしこんな大物を見ならっても仕方がない。

心配性の人は、死後の葬式の段取りまで気になって、いろいろと指示を残す。

『古事記伝』を完成させた本居宣長は、死期が近づくと、遺言状に自分の葬式の式次第を書き残した。葬式の日取りの設定、遺体を入れた棺の置き場所、寺の選択、寺へ向かう行列の組み方、墓と石塔、自分の戒名、はては妻の戒名まで指定した。それも図解入りの詳細な説明である。葬式と墓に関してはこと細かに指示しているのに、かんじんの家督や相続に関してはほとんどふれられていない。死んだのは七十二歳であった。

宣長以上に葬式にこだわったのは藤原道長で、五十四歳で出家すると、自邸の近くに阿弥陀堂、金堂、薬師堂、講堂、五大堂、釈迦堂、三昧堂、十斎堂、僧坊など死後の御殿を建立した。極楽往生するための建物で、六十二歳で死ぬときは釈迦のまねをして、顔を西側に向けて横になり、阿弥陀如来から引いてきた糸を握りしめて念仏を唱えた。業が深い。死の三十一年後には、それらの堂は火事で焼けてしまった。

遺言のつもりで

尾崎紅葉は三十六歳で死ぬとき、泉鏡花はじめ弟子を一堂に集めて「これからはまずいものを食っていい小説を書け」と演説した。紅葉は若くして親分となり、もとより不良の血があった。死後、自分の遺体を運ぶとき「寝棺でかつがれるのは忍びないから駕籠棺にしろ」と指示して、弟子たちはその通りに実行した。

清水次郎長は、三番目の妻お蝶に見守られて、七十四歳で死んだ。二十三歳で二人を斬り、博徒となって、仇敵の黒駒の勝蔵と死闘をくりかえした次郎長も、死ぬときは女房に手をとられて甘えた。死ぬときに、女に横にいてもらいたいと願うのは男の常で、次郎長も例外ではなかった。

同じ極道者でも、江戸の新門辰五郎は、辞世の歌として、

思ひ置くまぐろの刺身ふぐと汁
ふつくりぼぼにどぶろくの味

と詠んだ。七十六歳であった。

さすが浅草六区のテキヤの総元締めである。不良はこれぐらいいってもらったほうが凄味がある。辰五郎は、テキヤのあがりの銭を毎日押し入れに放り込んでおいたから、床がぬけてしまったという。

『浮世風呂』を書いた江戸の戯作者式亭三馬は、本を書くいっぽう薬問屋を開業して、経済的には恵まれていた。酒好きで、酔ったうえでの喧嘩もあとをたたなかった。流行作家で、酒ぐせが悪く、喧嘩好きであることがたたって五十日間の手鎖にされた。死ぬとき、息子の小三馬にむかって、

善もせず悪もつくらず死ぬる身は
地蔵も誉《ほめ》ず閻魔《えんま》しからず

と歌った。

しぶといものである。死を直前にしてひらきなおる図太さに、不良オヤジの真骨頂がある。

『三銃士』や『モンテ・クリスト伯』の小説で巨万の富を築いたデュマは、城を築いて豪遊と大食をし、最後は借金の山を残して死んだ。デュマの城に食客として住む連中のいい食い物にされた。六十八歳で死ぬとき、デュマは、息子の小デュマにむかって一枚のナポレオン金貨を渡してこういった。

「これは五十年前に私がパリに出てくるときに持っていたのと同じ金額だ。だからわが家の財産は一文も減らなかったのだ」

死ぬときには、とりあえずいい残したいことをいっておく必要がある。死は事故死にせよ病死にせよ、その人の終りなのだから、まずそのことを心がける。あるいは、ぼくのように突然ドカーンとぶっ倒れるときもあり、それはそれで仕方がない。ぼくのような文筆業は、みな遺言のつもりで原稿を書いている。

不良を極めた一休

長州藩出身の木戸孝允は、西郷隆盛と薩長連合を結んで倒幕を実現した。しかし、その後西郷軍が熊本城を包囲したとき、熊本城救出作戦をたてて、西郷と対立した。木戸の死因は胃癌であった。昏睡状態のなかで、突然「西郷、もう大抵にせんか」と叫んで死んでいった。四十五歳であった。

胃癌で死んだ人に詩人のランボーがいる。ランボーは、エチオピア、ミラノ、ウィーン、スウェーデンとそこらじゅうを放浪し、「未知のものに到達」しようとして三十七歳で死んだ。ランボーがもう少し生きれば、さぞかし筋金入りの不良になっただろうに、おしいことをした。自分の腹の中の古井戸を探求して、「自分の内部にすべての毒を汲みつくして、その精髄だけをわがものにする」という言葉は、そのままランボーの遺言である。

一休は、好きほうだいをやって八十八歳まで生きた。七十七歳のとき、盲目の森女と契り、森女のヴァギナは水仙の香りがするとたたえた詩まで書いた。破戒僧でありつつ、放浪して多彩な教化活動をした。不良オヤジを極めつくして高齢に達すると、かえって物の道理が見えてくる。

エンゲルスは、死ぬ寸前にマルクスの娘（エリーナ）の訪問をうけた。マルクスはすでに死んでいたが、マルクスの娘は前々から疑問を持っていた。マルクス家の女召使いが産んだ子の父がエンゲルスだということが信じられなかった。

召使いの娘に手を出したのは女にだらしがないマルクス本人であったが、エンゲルスがマルクスをかばって、自分が父だと名乗っていたのだった。エンゲルスは、すでに声が出なく

なっていたので、スレート板に、

「マルクスがあの子の父です」

と書いて娘に示した。

七十四歳のエンゲルスは、これを書いて、すっきりした。死んでからも、スキャンダルまでかばいつづける義理はない。

妻にすがる男たち

発明王エジソンは、八十四歳で死ぬとき、妻の手を握って、モールス信号で別れの言葉をかわしたという。エジソンは、三十八歳のとき、十八歳下の妻メアリーと再婚した。交際中にエジソンはメアリーにモールス信号を教え、二人は指と手のひらを使って、人前でも他人に知られることなく愛の会話をかわしていた。結婚の申し込みをモールス信号でして、メアリーは、やはりモールス信号で「YES」と答えた。

さきにあげた武者小路実篤は、妻安子に先立たれた。実篤が死ぬ二ヵ月前のことであった。実篤が危篤の安子を見舞ったとき、安子は子宮癌の末期であった。車椅子の実篤とベッドの安子は長い間、手をとりあっていた。

そのうち、安子は、幻覚で現われたチョコレートと葡萄《ぶどう》を手にとって「どうぞ召しあがれ」と実篤にすすめた。純愛映画に登場しそうな美しいシーンだが、実篤はショックのあまり失語症となり、その翌朝、脳卒中の発作をおこした。

安子はその十二日後に死に、実篤は安子の死を知らされぬまま、二ヵ月後に死んだ。幸せな夫婦と周囲はたたえたものの、実篤の胸中はどうであったか。

夫は、妻に対して「自分より先に死ぬな」という。志賀直哉のような意志強固の人でもそうであった。それは、「自分よりも長生きしろ」という愛情の発露ではなく、本心は「死ぬときを看とってほしい」という甘えである。妻は、夫に対してこんなことはいわない。してみると年寄りの男は、みな、妻に甘え、妻にすがって生きる弱い存在であることがわかる。

未練を残して死んだ北斎

不良オヤジのくせに、死ぬときになって、「バカな父でゴメン」とか、「苦労をかけてすまなかった」と妻にわびる人が増えた。このパターンはほとんど定番のセリフになっていて、あたかも結婚する娘が「お父様お母様、いままでありがとうございました」と礼をいうのと大差がない。少くとも不良精神で生きてきた男は、死ぬ前になって、こんなありきたりのお世辞をいうべきではない。

中村勘三郎が最期に「バカヤロウ」といったという話を、勘九郎の本で読んだ覚えがあ

る。不良はこうでなくてはいけない。晩年の海老蔵は、湯殿に七代目団十郎を呼び、

睾丸に白髪が生え泪《なみだ》かな

と句を詠んだ。

三代目中村歌右衛門の辞世の句は、

南無さらば妙法蓮華経かぎり

であった。これは墓石の側面に刻まれた。初代中村七三郎は、中村座で狂言を演じている途中に卒倒して死亡した。初代の勘三郎は侠客のだら庄九郎と口論になり斬り殺された。歌舞伎役者はみな威勢がいい。普段から不良をやっているから死にぎわには、チョーンと柝《き》が入る。そのくせ偉そうなことをいわない。遺言は、本でいえば「あとがき」の部分だから、偉そうな遺言は、中味が薄っぺらなのに大言壮語するようなものだ。

要するに悟ろうとする心がいけない。それまで悟ってないのに、死ぬまぎわになって悟れるはずがない。

亀井勝一郎が臨終近い倉田百三を病院に見舞ったとき、白髪と白髭の倉田は、かすれ声で「亀井、浄土はあるか」と訊いた。倉田は『出家とその弟子』を書き、宗教的求道心の強い作家である。その倉田にしても、死の寸前まで迷っている。

画狂人と名乗って九十歳まで浮世絵を描いた北斎は、死を目前にして「天、我をして十年の命を長うせしめば」といい、しばらくして「五年の命を保たしむれば、真正の画工となる

を得べし」といった。九十年間生きても、「あと十年、いやあと五年」と現世に未練を残している。これが人間の本性というものだろう。悟るより、こちらのほうがずっと人間らしい。北斎の死後、門人たちは金を出しあって葬儀をとりおこなった。粗末な棺であったが、百人ほどが墓所まで見送ったという。

不良の限りをつくせばいい

八十歳を過ぎたトルストイは、妻との不和に耐えかねて家出をして、田舎の寂しい小駅で死んだ。大文豪も、妻とあわず、一人でいじけて死んでいった。これは、年老いた夫の大半が同じことを考えているのではないだろうか。トルストイが死んだことを知った妻のソフィアは、「私は四十八年間トルストイに連れ添いましたが、彼がどういう人間だったのか、わからずじまいでした」といった。これもほとんどの妻が同じことを考えている。

晩年のトルストイは、原稿が売れなくなり、出版社へ原稿を送ったものの、「内容が古い」という理由で採用されなかった。トルストイは出版社の編集長に会いに行き、なお食いさがった。編集長は「そのお年でいまさら小説家は無理ですよ。以前なにかお書きになったんですか」と訊いた。トルストイは「いくつかあります」と頭をかき、編集長は「失礼ですが、どんなものですか」とさらに訊いた。トルストイは「わりと評判がよかったのは『戦争と平和』と『アンナ＝カレーニナ』とか……」と答えたという。

ドストエフスキーはいつも賭博場に入りびたっていた。ルーレットにこり、有り金をすって、妻が大切にしていたイヤリングを質に入れ、それもすってしまった。妻の結婚指輪も質に入れて、その金もすった。死期が近くなると、ぼけて、妻の名も忘れてしまったが、聖書占いをして、開いたところに「とどむるなかれ」という文字があるのを見て、「あ、私は死ぬということか」と妻にいい、その晩に死んでしまった。六十歳であった。こういう自分勝手が不良オヤジの身上であろう。

トルストイは、気のあわない妻とは、さっさと離婚すればよかった。離婚は反道徳的だという妙な倫理観がよくない。一人で死ぬのならば、永井荷風のように女から女へ渡り歩いて、不良ジジイの限りをつくしてからのほうが様になる。トルストイは、不良になれなかったから不幸な死に方をした。一人で死ぬにしても、幸福な死と不幸な死がある。

チャップリンは精力絶倫で、七十三歳のときに子どもを作った。相手は四番目の妻であった。チャップリンが死んだのは八十八歳である。ローザンヌの自宅で家族に看とられながら死んだ。

アインシュタインの最初の妻は大学時代の同級生だったミレヴァであった。しかし長男が生まれてからは、気が強いミレヴァとはあわなくなった。ミレヴァと離婚したいが、金銭的なおりあいがつかなかった。その離婚の切り札はノーベル賞の賞金であった。ミレヴァが離婚に同意すれば、その全額をミレヴァに与えるという条件でおりあいがついた。

二番目の妻エルザは気だてがよく、家庭的な女性であった。アインシュタインは、相対性理論のほか光量子仮説、量子統計の分野でも偉大な功績を残したが、晩年はアルツハイマーとなり老年痴呆になった。

プリンストン大学の学部長秘書のところに「アインシュタイン教授の住所を教えてほしい」と電話があり、秘書は「それは秘密で答えられない」と断った。すると電話の主は「それは困った。じつは、私はアインシュタインだが、家がどこだったか、わからなくなってしまった」といったという。アインシュタインは七十六歳で死んだ。

ぼけてしまえば、死ぬときにかっこうをつけようという見栄などおこらない。

自殺は人間の特権

アメリカで電脳カルト教団の三十九人が集団自殺をとげたのは、ヘール・ボップ彗星のなかに、道長が造営した法成寺《ほうじょうじ》と同じユートピアを幻視したためである。その意味では、アメリカの宗教レベルは、日本の平安時代である。電脳カルト集団は、「ヘール・ボップ彗星とともに飛来した宇宙船に乗ってはるか宇宙のユートピアへ旅立とう」とした。教祖のアップルホワイト氏は同性愛の性向を治すために去勢していたという。去勢するという行為は、むしろ同性愛を徹底するためだから、そのへんの動機がやや不十分である。いずれにしても、なりふりかまわず自分たちがやりたいことをやった。自殺もまた人間のみが実行できる特権的な愉しみである。

ヘミングウェイは、六十一歳で自殺した。早朝七時に、妻のメアリーが寝ているうちに起床して地下室へ行き、二連発十二口径の散弾銃を選び、弾薬を二発分装塡し、銃口を口の中へ入れ、足の指で引き金を引いた。顔のほとんどすべてがふきとんだ。最初は銃の暴発による事故死と報道されたが、のち自殺だと明らかになった。いかにも酒豪のヘミングウェイらしい派手な死に方だ。

アブサンを飲み、ディナーでは上等のワインを一本空け、町へ出てウォツカをあおり、最後はウィスキー・ソーダで押さえるというのがヘミングウェイ流だった。こんな飲み方を毎日つづけていればアル中になる。アル中の果てにドカーンと一発で死んだのだから本望だろう。こういう死に方こそ不良作家にふさわしい。

同じノーベル賞作家の川端康成は、七十二歳のとき逗子マリーナ四一七号室で、ガス管をくわえて自殺した。遺体のそばに八分目ぐらい残ったウィスキーの瓶が一本置いてあった。康成は、普段は酒を飲めない。ただし睡眠薬を常用し、睡眠薬中毒になっていた。ガス管をくわえた自殺は、ヘミングウェイにくらべて、地味で暗くて湿っぽいものの、康成に散弾銃は似合わない。

遺書はなく、突発的な自殺であり、これは壮絶な意志において、ヘミングウェイに劣らない。

小説家には自殺もまた表現であり、芥川龍之介は、自殺の理由は「唯ぼんやりした不安」と、遺書に書き残した。芥川の場合、自殺も作品の一部である。芥川はもともと自殺願望があった。芥川の死に顔を見つめながら、芥川夫人の文は「お父さん、よかったですね」とつぶやいたという。

太宰治は女をアリバイにして自殺し、三島由紀夫は思想をアリバイにして自殺した。しかし、康成の自殺にはアリバイがなく、死後、「お手伝いの女性への片想いから」という推測まで飛んだ。康成の自殺にこそ、ヘミングウェイに通じる不良のなげやりさがある。自らのうちにあるノーベル文学賞の栄光を、チャラにしようとする捨て鉢さがある。死んでから他人にほめられたいという虚栄心がない。むしろブザマに死んでみせることによって、自らに負の条件を与えようとしているかに見える。大往生してみせようという気負いなど、みじんもないではないか。

あれほど強い意志を持った康成ですら、こんなにブザマに死んだのだから、凡俗の身はもっと好き放題に死ぬことができる。死ぬときはガス管をくわえようが、菓子パンをほおばっていようが、娼婦の腹の上だろうが、ドブに流されようが、かまやしない。

死の床にあって、余命いくばくもないことを知ったバルザックは、「ビアンションなら救ってくれるだろう」とつぶやいた。ビアンションというのは、バルザックが書いた小説『人間喜劇』に登場する医者の名であり、創造した人物を現実の人物と混同した。バルザックが、長年思いつづけていたハンスカ夫人と結婚したのは死の五ヵ月前である。もう少し結婚生活を楽しみたかったろう。バルザックも大往生しないで死んでいった。

減少したオヤジの自殺

天下の美丈夫有島武郎は、中央公論社の婦人記者波多野秋子と情死した。この人も往生するはずがない。武郎は東京小石川の旗本屋敷に富豪の家の子として生まれ、米国留学し、気はやさしく、大学教授の肩書があり、しかも白樺派の人気作家であった。長男はのちの俳優の森雅之である。才色財産兼備の武郎が、中年の人妻に言い寄られて首つり心中をしてしまったのだから世間はびっくりした。心中した年に、巷では「困ったネ節」が流行した。

〽人の女房と心中する　有島病気が流行し　アラマオヤマ　亭主に砂かけ家出する

これが純愛の恋というなら困ったネ

こいつはちょっくら困ったネ

という歌詞で、名門の武郎は、死してなお世間におちょくられた。有島は秋子にしつこく追いかけられ、つい姦夫《かんぷ》になってしまった。軽井沢の別荘で発見された二人の腐爛死体は、顔もはっきりと判別しにくい状態だった。有島は秋子にはめられた形だが、なに有島にも不良の血が流れていたということになる。死んでからほめられたいという欲求などない。

大往生したという偉人にはどこかうさんくささがつきまとうが、不良で死んだ人間には、「どうともなれ」というひらきなおりがある。最近はオヤジの自殺が減った。それはオヤジたちが、世間体ばかりを気にするためである。

最近の快挙は、東京電力ＯＬで、「昼は一流会社女子幹部、夜は売春婦」という二重生活ぶりは怪人二十面相ばりに見事ではないか。あのＯＬがあれほど話題になったのは、皆がやりたくても出来ないことをやったからであった。殺されなければ是非ともお相手したかった。「女性版紅はこべ」、あるいは「現代のマリア」だとぼくは考えている。

彼女は、ＯＬたちが一番やりたいと思っていることをなしとげた。慶大卒、一流会社で独身、数千万円の貯金、あっと驚く二重生活。どれもこれもやってしまった。贅沢《ぜいたく》ざんまいで暮らすざあます奥様より、彼女のほうがよほど魅力的ではないか。それだけに彼女が殺されたことは同情に値するが、あるいは殺されることもまた覚悟の上だったかもしれない。これも並のＯＬには真似できることではない。

『イソップ物語』を書いた古代ギリシャのイソップは奴隷であった。何度か買いとられて、自由の身になり、デルポイへ派遣されたとき、聖なる器を盗んだ罪を着せられ、デルポイ人を諫《いさ》めるために、いろいろな寓話を語った。イソップの寓話は、自分の命を守る命がけの作業であった。しかし、その効果はなく、崖の上から突き落とされて殺されてしまう。そうと知って『イソップ物語』を読めば、また違った見方が出てくる。人の死に方は、悟った心からは真相が見えにくい。

美妙を批判した逍遥

早稲田大学の育成に尽力した坪内逍遥は、根津権現裏の遊廓の女郎センを妻として、生涯の伴侶とした。遊廓出身であることを隠すため、一度知人の籍へ入れ、そこから自分の妻となったように戸籍上の工夫までした。腹がすわっている。『小説神髄』を著して、近代文学の祖となった逍遥の妻が、「じつは女郎あがり」と知られれば、ちょっとしたスキャンダルになる。

山田美妙は、浅草公園の娼妓との私生活を新聞で暴かれ、「作品を書くため」と言い訳をした。それを読んだ逍遥は怒り、「小説家は実験を名として不義を行っていいのか」と嚙みつき、美妙をコテンパンに叩いた。これは、逍遥のほうが常識人に見えるが、逍遥は遊女を妻とした男だから、たとえ売春をする女性でも、「実験のため」と弁明した美妙の非人間性を批判したのである。

人気作家だった美妙は、おかげで消えてしまった。のち、逍遥は文芸功労者として二千二百円の賞金を貰ったが、半分を文芸協会に寄附し、半分を二葉亭四迷、国木田独歩、山田美妙の遺族へ生活扶助として贈った。ついには、自宅の土地、建物も文芸協会にやってしまい、すっきりと死んだ。いさぎよい。

逍遥と没理想論争で激しく対立した森鷗外は、ドイツ留学中に知りあい、鷗外を追ってきたドイツ女性エリーゼを振ってしまった。最初に結婚した妻登志子（赤松男爵長女）とも一年半で離婚してしまった。のち陸軍軍医総監となり、功なり名とげて六十一歳で没し、従二位に叙せられた。しかし、遺書には、「宮内省陸軍省ノ栄典ハ絶対ニ取リヤメヲ請フ」とあった。最高級の官僚でありながら、最後の最後に、国へ肘鉄をくらわした。

鷗外の激越な文面は世間をおどろかせた。鷗外はこういう。「死ハ一切ヲ打チ切ル重大事件ナリ、奈何ナル官憲威力トイヘドモ此ニ反抗スル事ヲ得ズ」と。鷗外は、思いっきり官憲へしっぺ返しをして、ふてくされて死んだ。

梅原龍三郎は九十七歳の天寿を全うした。遺言には「葬式無用／弔問無用／固辞する事」と墨書されていた。この気分は鷗外に通じるものがある。

鷗外にくらべれば漱石のほうがおだやかな死だったが、漱石は鏡子夫人と離婚したくてもうまくいかず、家庭的にはうじうじとした晩年であった。漱石がトルストイぐらい長生きしていれば、最後は家出をしていたかもしれない。

「新生だ、新生だ」

南方熊楠《みなかたくまぐす》は、七十五歳の死にぎわに、娘が、「医者を呼ぶ」というと、それを止めさせた。「この部屋の天井に美しい紫の花が咲いている。医者が来ればこの花が消えるから呼ぶな」と。熊楠らしくわがままでいい。

北原白秋は死ぬときは盲目の人であった。朝、息子の隆太郎が病室の窓を開け、空気を入れると、「ああ蘇った、新生だ、新生だ」といい、五十七年の生涯を終えた。ゲーテが、臨終の言葉として「もっと光を」といったのよりも、すがすがしい。ゲーテの「もっと光を」という言葉は、「窓を明けてくれ」というほどの意味だったという。それを、哲学っぽくしてしまった周囲の記録者にも問題がありそうだ。

死ぬときは一人一人が違ってくる。それぞれの人に合った死に方がある。不良が死ぬときは、わがままに自分本位に死ぬのがよい。まちがっても生前葬などというバカなことだけはしてはいけない。どこまでもぶっつけ本番でいく覚悟が必要だろう。

終章　不良中年の技術

中年オヤジの実態は、

①純情

である。少年時代の夢が忘れられない。中年オヤジの強さも欠点もここにつきるのであり、この書にとりあげた不良の先人たちはことごとく純情であった。純情でありつつ、

②ケチ

である。無駄な金を使いたくないという気が強い。貧乏なわけではない。それなりの金はあるのだが、無為に使う金がいやなのだ。それに金を稼ぐ苦労を知っている。金の価値を知りながら、金の限界もわかっている。これから稼ぐ金の総額も、そのおおよそは見当がつく。老後のための貯金も必要である。どうしたってケチになる。

③自信と不安

が同居している。もう一発ドカーンと稼いでやろうという気力がある一方で、もうダメだろうという不安が去来する。酒を飲んだときは自信が高まり、矢でも鉄砲でも持って来いという気になるが、一夜明けて宿酔《ふつかよい》の頭をかかえつつ自らの限界を知る。つまり、

④中古品である

中古品であるがカスではない。中古品には中古品の意地がある。この世代は、自動車を買うときでも最初は中古品を買った。いきなり新車を買うなんてことはやったことがない。小学生のころは自転車だって近所の人の古自転車を貰って、みがいて乗ったものだ。中古品を買うことにためらいがない。

⑤ズボラである

長い間生きてきたから図々しくなっている。人前で平気で屁をする。汗をかいてもたいして気にしない。大声を出す。無精《ぶしよう》ヒゲがある。アクビをする。ツマヨージをくわえながら歩く。ポコンと出た腹をペタペタ叩く。スチュワーデスをつかまえて「ネエちゃん」と呼ぶ。

⑥精力をもてあましている

そのわりに女性にもてないので、人前で昔の女の自慢をして嫌われる。あるいは、週刊誌で読んだ風俗店へ行って悪い女にひっかかる。油断がある。油断がありつつ、

⑦生一本である

自分と同一のナイーブさを、女性が持ちあわせているという勘違いがある。だから結婚相談所でさがした性悪女にだまされて、白骨死体で発見されたりする。用心ぶかいくせにスキがあり、コロリとだまされる。これは、仕事の実績をあげた男でも同様であって、百戦練磨のコワモテが、「どうしてこんな女と?」と思うようなつまらぬ女にひっかかる。こうだと信じてしまうと、生一本に突進してケガをする。だから、

⑧思い出に生きる

青春時代が忘れられない。高校時代の同窓会に出席して、独身のままでいる女性に恋をして、口説いたあげくふられてガックリと肩を落とす。中年男の勘違いのひとつに、「女性は処女を捧げた男を忘れられない」という妄信《もうしん》がある。これは大間違いである。おおかたの女は、最初に肉体関係を持った男なんか忘れてしまっている。女が忘れられないのは「最初に感じさせてくれた男」なのである。むしろ、男のほうが「童貞を捧げた女」のことを忘れられない。そんなことにいつまでもこだわるのは男のほうで、男のほうがセンチメンタルなのである。そのくせ、

⑨悪い

何度も痛いめにあっているため、性格がゆがんでいる。したたかである。修羅場をくぐりぬけているぶん相手を見る。まあ、「いい人」と呼ばれるよりは、「悪い人」と呼ばれるほうがシブい。「いい人」というのは「バカ」という意味ぐらいは十分に知っている。悪いから

不良オヤジになるのである。

⑩ひがみっぽい

⑪怒りっぽい

これも中年オヤジの症候で、ちょっとしたことでひがんで、傷ついてしまう。大声を出して怒り、若い連中に嫌われる。

⑫あきらめが早い

よくいえば引きどきを知っている。年をとるとねばり強くなるという通念も妄信のひとつで、年をとればとるほど、ねばりはなくなる。体力が落ちるためで、これは、

⑬下り坂

の証拠である。このへんがつらいところだが、下り坂であるという事実はいかんともしがたい。このへんに、不良中年となるコツがかくされている。下り坂だから、

⑭感動力に欠ける

いろいろのことを知りすぎてしまったことの後遺症である。若いころはなんにでも感動していたのに、新鮮なおどろきがない。食事にしろ、性愛にしろ、旅にしろ、スポーツにしろ、はっと感動をする力に欠ける。以上十四項目をまとめていえば、

⑮メイセキにしてドアホ

これにつきる。

ではどのようにすればよいか。

これからの人生が開ける二十の箴言

中年オヤジは下り坂である。もう、半分以上のことはやりつくしてしまった。さきは見えている。これから新展開をしようにも、百八十度の転職は無理である。このことをよく認識する必要がある。

一時、四十代なかばで会社をやめ、ペンション経営に乗りだすことが流行した。ぼくの知人でも七人がそれをやった。早期退職優遇制度に応じて社をやめ、貯金と退職金をつぎこんで信州にペンションを建てた。そのうち、成功してペンション経営をつづけているのは、わずか一名である。その人は、息子さん夫妻が協力してくれた。ペンションの雑事は息子がやり、当人は客のスキー指導にあたった。もともとスキーの達人で指導員の資格を持っている人であった。あと六人のうち三人は、銀行からの借金を返せず、デパートの販売訪問員となり、老残の身をひきずって、昔の面影はない。一人は疲労がたたって入院し、あとの二人は死んでしまった。

ペンション経営は、夜は遅く朝は早いため、中年にできる仕事ではない。かなりの重労働である。スキーシーズンはとくに身にこたえる。建築の修理ひとつでもかなりきつい。

また、ラーメン屋に転職するのも定番である。しかし、サラリーマンを途中でやめてラーメン屋になって成功したという話はきいたことがない。ラーメン業界では、「サラリーマンからの転職組は怠け者」といわれている。ラーメン屋で成功するのは、若いときからラーメン一本で鍛えあげたオヤジ連中である。転職組のラーメンなんて、聞いただけで食う気がしない。これは、

①なれぬことはするな

という教訓である。会社の人情重役が「退職したら浪花節語りにでもなる」と冗談をいうが、それを本気で実践してしまうようなものだ。不良中年は自然体でいく。自然体で坂を降りる。

中年までは登り坂であった。汗を流してゼイゼイと息をはずませて坂を登ってきた。苦しくつらい坂であった。中年を過ぎれば、今度は坂を下りる番だ。下り坂のほうが楽なのはサイクリングをすればわかる。坂を登ったのは、下り坂をスイスイと下りる楽しみがあってのことである。下り坂こそが快楽なのである。まずこのことを知る。

不良中年は、中年であることをマイナス面としてとらえず、下り坂を活用して不良になる。基本は、

②威張らない

③自慢しない

④分析しない

の三条件である。これは、ついついやってしまうのがオヤジ症状である。威張らなければ相手がたててくれる。自慢しなければほめてくれる。分析しなければ「深みがある人だ」と畏《おそ》れられる。

⑤怒らない

これも重要である。テレビのニュース番組を見ても怒りだすオヤジがいる。あれは老化のはじまりだ。怒るのは我慢する力が退化しただけであり、なんら進歩ではない。怒らず、いつも静かに笑っている。これが不良中年のコツである。バカな若いやつらは無視して切り捨てる。怒ることは、相手に対して親切すぎる。不良中年の牙はおだやかな笑いの衣で隠す。

⑥短髪にする

これは、案外オヤジが気がついていないことである。さらにいえばハゲでいい。ハゲのくせにスダレ形の髪にするのは最悪である。未練がましい。長髪白髪でももてないオヤジはゴマンといる。いくら気どっても中年の実態はかくしようがない。長髪白髪でジーパンにスニーカーをはいた中年オヤジは、「若い女にもてよう」という気が見え見えである。そういった六〇年代ヒッピー系とは手を切り、シャキッと短髪にする。するとそこから不良の第一歩が始まる。

⑦上等の服を着ろ

これはいろいろと考えた結果、最終的にはこういう結論になった。安服が似合うのは若いうちだけである。年をとって安物の服を着るとみっともない。汚れて見える。貧乏性がめだつのである。Tシャツやアロハシャツも上等のほうがいい。成り金の服を着ろというわけではない。これみよがしのブランド服である必要もないが、安物のツルシ背広だけはやめておいたほうがいい。最悪はゴルフシャツである。休日のサラリーマンは、とってつけたようにゴルフシャツを着る傾向がある。

⑧靴も上等

であるのにこしたことはないが、

⑨時計は安物でいい

いまどき百万円もする高級時計をつけているのは、ヤクザか落ち目の芸能人ぐらいのものである。腕時計は一万円以下のものでいい。そして「それ、ほしい！」といわれれば、すぐにあげてしまう。ぼくは年間十個以上の時計を買う。いまつけているのは、ビニール革の夜光時計三千円である。暗がりでポッチを押すと、文字盤がチカチカと点滅する。六個買って最後のひとつが残った。

⑩金離れをよくする

このためには妻に秘密の預金が必要であることはすでに述べた。年収によって個人差があり、その一覧表も不中研の結論を書いておいたので参照せられたい。不中研の表はいちおうの目安であり、各自の工夫によって隠し金はいかようにもなる。ただし、銀座クラブなどの高級店には出入りしないことが肝要である。銀座クラブはバブル経済期のオデキのようなものであって、あんな法外な金を払って遊ぶ時代は終わった。金銭をうばいとるシステムは底なしであり、銀座の女地獄へ足をつっこめば金はいくらあっても足りない。また新宿、池袋の風俗店も同様であり、最初は安くても深みにはまると回復不可能になる。金を使う場はいくらでもある。要は日常の金離れのよさである。

妻に秘密の預金を持っていても、額がふえてくると惜しくて使えない中年オヤジがいる。死んでから絵の額縁の裏に一千万円の定期預金が出てきて、妻を喜ばせるだけである。隠した金は自分で使いきる。遊び場所のひとつは、

⑪温泉

がある。とくに山の湯の通人になる。バブル系の高級温泉は衰退の一途にあり、天然純朴の山の湯はますます盛んとなる。山の湯で遊べば、いくら金離れがよくても、金額はさしてかからない。

⑫女を理解するな

理解しようとするから女はつけあがるのである。いい女がいれば愛すればよい。惚れればいい。それを、理解しようなんてことを考えるからわけがわからなくなる。女は、理解しようとすればするほど男から遠ざかる。

⑬泣くな

泣けば不良のダンディズムがなくなる。不良中年は泣かない。つらいことがあっても、男だもの、メソメソしてはいけない。

⑭やせがまん

が不良中年の心のありどころだ。ぐっと耐えて、泣かずにわが道をいく。

⑮年増女がいい女である

どうも話が具体的になってきた。ぼくがいう年増女は四十歳代以上である。芸能人で、自分より二十五歳以上若い娘と結婚してうらやましがられる男がいるが、実態は悲惨なものである。二十五歳以上離れれば自分の娘と同じである。価値観も違うし、趣味や嗜好が違う。それを無理してあわせようとするから楽しくない。かつては女性たちに人気があったスターが、年老いて若い娘にうつつをぬかし、いいように操つられる姿は無残である。

それよりも四十歳以上の女性がいい。四十歳をすぎると、渋皮がむけてトロリと甘い味になってくる。女は四十歳を過ぎてからが花である。

⑯口説きは迅速に

いい女がいて、その女に気があると思えば迅速にことをなすべきである。チャンスを失うと、たちまち恋は逃げていってしまう。悠然と構えて、いざとなったら人さらいの風となって疾走する。これができてこそ、不良中年というものだ。社会的体裁を考えて臆病になるのがいけない。

⑰負けてこそギャンブル

この極意を知って競馬、競輪、競艇にうちこむ。ギャンブルは所詮遊びである。大金をはたいて大勝負に勝っても、つぎはさらなる大きな負けがくる。また、勝ったからといって声高に「とったァ」と騒ぎまくるのは、ギャンブルの愉しみを知らぬ者である。公営ギャンブルで一番不良中年むきは競輪である。

⑱宗教を信ずるな

ほれぼれするほどの不良中年が、ある日突然、新興宗教の信者になって、教祖が書いた愚にもつかぬ本を送ってくるほどしらけるものはない。せっかくの体力と精神力が、ナンヤラ教の沼に沈んでしまう。大切なのは、

⑲自分の力を信ずる

大した力でなくても、せめて自分ぐらいは自分を信用してやらなければ可哀想ではないか。世間の百万人が自分をバカにしていても、せめて自分だけは自分の力を信じる。自分を安く見つもってはいけない。

⑳孤立を怖れるな

唯我独尊でいけ。中年は放っておけば、みな孤立する。それはしかたがないことで、男の運命である。孤立した地点から、自分という存在が見えてくる。そこから、自分のなかに巣

食う不良の虫が頭をもたげてくる。そのときがチャンスである。不良の虫を退治しようとせず、むしろ大切に育てるときから光明が差してくるのだ。

では、不良中年の健闘を祈る。

「不良の肖像」——文庫版あとがきにかえて——

世間は「不良中年」ブームで、週刊誌や新聞・テレビにやたらと不良中年が出るようになった。講演でも不良中年をテーマに依頼されることが多く会場にいくと、三分の一ぐらいの客がメモをとっているのでびっくりした。講演が終って、質問の時間になると、五十五歳ぐらいのオヤジさんが「私のようなマジメ人間は、どうしたら不良になれるでしょうか」と聞いてきた。紺の背広に身を包み、みるからに実直そうな人であった。答えにつまった。みんな、見えざる圧迫の下にいる。私は「サングラスをかけて歩きなさい」と答えた。なんだそんなことかと思われるかもしれないが、サングラスをかけて会社へ行けば、ふだんとは違った景色がみえてくる。「あとは一人で旅に行きなさい」とつけくわえた。自分で計画して、自分だけ楽しむ五泊六日の旅である。不良は、本能を飼いならすところから始まる。

会社勤めの人には定年がある。そのとき、自分流の不良行動力を持っているかどうかが問題だ。会社をやめても、「私は会社の専務でした」と自己紹介する人がおり、いつまでたっても会社人間から離れられない悲しい症状だ。肩書きから離れてなにができるか。

渋谷のビヤホールで、背広姿のオヤジ連れが「不良中年」と印刷した扇子で顔をあおいでいた。近くのロフトで売っているという。買いに行くと一つ一九〇〇円だった。あらま、私の本より高いじゃないの、勝手に作りやがって。ま、いいかと思って五本買って、友人に配った。扇子にサインして落款《らっかん》を押して自分が作ったようにふるまった。

ＮＨＫ教育テレビの「人間ゆうゆう」という番組より、四日連続で「不良中年」シリーズを放送するので、第一回めに出演しろ、と依頼された。出演者をみると、私のほかは、悠々社山崎修社長やマイクロソフト代表社長成毛真さんといった立派な人ばかりだったので驚いた。私のせいで、他の人まで不良中年にひきずりこむのは申し訳ない気がしたものの、自分流に生きていく人は、みんな不良にならざるを得ない。世間はそういうふうにできている。「無印良品」なるものがあるが私の場合は「無印不良品」である。

「人間ゆうゆう」という番組は、躰にハンディを背負っている人をはげます内容が多く、ハンディを克服して生きる人々を勇気づける。ということは「不良中年」というのも社会的なハンディな存在であることがわかった。社会的にみれば、たしかにそういう側面がある。

私の本を読んだ中学校の恩師から、「もっとマジメに生きなさい」というお叱りの手紙をいただいた。恩師の文面は怒りにみちており、ペンの文字を見てもそれがわかる。「貴君はムカシはそんなに悪くなかった。純情でやさしい少年だったのに、昔のきみはどこへ行ったのか」と指摘し、「猛省を促す」とむすんであった。

なおしようがない。純情が進化すれば不良となり、不良オヤジをめざしても、捨てようとして捨てきれない世間的束縛《そくばく》があり、私は発展途上オヤジなのである。高齢化社会になると、五十歳は「第二の人生」の始まりとなる。体力も若いときにくらべれば劣って、いまさら別の職種に取り組むのは遅すぎるし、あとの人生をわがまま放題に生きなきゃもったいない。下り坂の人生を楽しむ。いまさら言い訳したってはじまらず、「あいつは不良になった」と嘆いてもらうしかなさそうだ。

アチャー、参るよなあ、こういうの。だって私は不良で、

てなことを恩師の先生に手紙で書こうと思ったがやめた。

「不良中年」について木村晋介弁護士と対談したら、木村氏は「自分は不良中年ではない」と明言された。いつも背広にネクタイをしめているからである。で、背広にネクタイしめて、椎名誠氏が八ヶ岳でやる焚火《たきび》会に行くらしい。しかし、アタッシュケースを下げて背広姿で、林のなかに突然現れる、ってのは、かなり非常識で、これも不良の変型ではあるまいか。と言うと、木村弁護士は「あるシチュエーションにおいては、背広姿にアタッシュケースを持っていることは不良である」と訂正された。

木村氏によると、内妻には二種あり、夫婦に近い二号さんと、愛人型内妻で、いまは妻の座を奪おうとする愛人は減ってきた。女にしたところで、既婚の不良中年のほうがいいという。昔は間男《まおとこ》というのがいて、間男は亭主の座をとろうとはしなかった。それと同じで、いまは間女という。ただし間女は「宝石を買ってくれ」と欲しがり、これを「マオンナの宝

photo©坂本真典

石」というらしい。

二十九歳のとき、友人の坂本真典氏が、私の不良姿を撮影した。新宿のジャズバーで酒を飲んでいるシーンだが、そのころ、私は雑誌編集者をやっていて、毎晩のようによたっていた。現在の私は五十八歳だから、ちょうど二倍である。で、そのジャズバーへ行って、撮影しようとしたら、店はずっと昔に閉店していた。表紙の写真は、私の赤坂の事務所で、同じく坂本氏が撮影したものである。あと二十九年生きることがあれば、私は八十七歳となる。今年、私の父宣明が同じく八十七歳で他界した。私が生まれたのは父が二十九歳のときで、私の家系は二十九歳がキーワードらしい。かりに八十七歳まで生きていたら、ヨボヨボの不良老人となった肖像を、また坂本氏に撮影していただこう。ですから、坂本氏もあと二十九年はヨボヨボと生きていて下さい。

解説

赤瀬川原平

不良中年とは、人生のアヴァンギャルドのことである。

と、ぼくは解釈している。

アヴァンギャルド、日本語では前衛。

この言葉がずいぶん古風になってしまって、いまでは使いにくい。それに代る言葉はないかと思うが、なかなかなくて困る。

でも前衛、アヴァンギャルドというほかはない精神のありさまというのは、いつの世もあるもので、人生におけるそれを不良中年といわれてみると、そう、そうだ、そうなんだと、ぴたりと納得する。

というより、そこから戻って、アヴァンギャルド芸術、いわゆる前衛芸術とは、芸術の不良であると定義すれば、これまでさんざん使いにくかった前衛、アヴァンギャルドという言葉から脱け出すことができて、言葉がじつに軽快になるではないか。嵐山さん、ありがとう。

つまりそういうことだと思う。不良中年とは、人生のアヴァンギャルド。そこが不良少年とはちょっと違う。

不良少年にはまだ人生といえるほどのものがないのだから、アヴァンギャリようがない。少年というのはそもそも存在が矛盾の中にあり、それが嫌なら死ぬだけというこの世の法則がまだよくわかっていない。だから少年の不良は、本来の生理的なものである。

でも中年となると、もはや生理も終盤戦にさしかかり、スイもアマイも知りつくしたというか、お香典もご祝儀も何度かあちこちに徴収されて、人間、結婚と離婚は繰り返せても、葬式は一人一回、ということを充分に承知している。

そうだ、少年は承知していない。情報はいろいろ知ってはいても、それは承知しているのとは違う。でも中年は既にいろんなことを承知している。承知させられている。

承知するということには、けっこう重圧があるのだ。「知る」というのに、重圧はない。パソコンの肩をぽんと叩けば、ぽいと知る。でも自分の肩をぽんと叩かれて「承知しました」ということには、じつに見知らぬ重圧がかかっているものである。

そのようにして承知させられた人生の中年は、既にいつでもアヴァンギャルことのできる状態にある。

アヴァンギャラ、アヴァンギャリ、アヴァンギャル、アヴァンギャル（とき）、アヴァンギャレ（ども）、アヴァンギャレ！

というわけで、不良中年の生態をはじめて思想化したのが、嵐山光三郎である。

ぼくがはじめて嵐山さんに会ったのは、まだその前身のときだ。この世にまだ嵐山という名前は京都の奥の方の地名としてあるだけで、男は祐乗坊というちょっと変った名前だった。

それは展覧会場で会ったのである。私事で恐縮だが、それは自分に関わる展覧会で、しかし個展とは違う。

その少し前に、ぼくは芸術の不良を働き、千円札を印刷していた。それがしかし起訴されて裁判ということになり、多くの仲間が支援のための展覧会を開いてくれた。運動のキャンペーンと作品即売による資金作りが目的だったが、作品なんてそう売れるもんじゃない。

ぼく自身は千円札作品に関わるものをいくつか並べた。自分の印刷した千円札を、大きなパネルにたくさんボルト留めした作品が、警視庁に押収されていたのだけど、それの原寸大青写真というのも展示していた。それはキャンペーンのための作品で、まさか売れるとは思ってもいなかったが。

買う男があらわれたのである。

びっくりした。芸術だから売れて不思議はないとはいえ、不良芸術の青写真をじっさいに金を出して買う人がいるとは、まず予想していなかった。

訊くと男は、まだ大学を出て入社したばかりで、その月給で買うという。どんぐりマナコでにこっと笑いながら、その受取った作品、それは襖《ふすま》一枚ほどの大きな青写真の紙なのだけど、それを楽しそうに両手でくるくる丸めていきながら、何か不敵に呟やき、その名が祐乗坊だった。

ぼくは一歩先を越されたような気持になった。千円札の作品が芸術の不良であることは、自分でも承知している。でもその不良作品を金を出して買うというのは、さらに一枚超えた不良ではないだろうか。

金にはその人の体重がかかっているものである。口でいうのは、とりあえず体重なしでもいえる。

「いい絵ですねえ。本当に素晴しい」

というのは、何回でもいえる。寝ててもいえる。体重は減らない。でもそうやって褒《ほ》めるのではなく、それを自分の金で買うのは、寝てては出来ない。まして何の評価も定まらないものに金を出すとき、ただの褒め言葉ではないその人の体重がぐっと乗っている。たとえ少くても、十円には十円の体重が、一万円札には一万円の、一億円には一億円の、その人の体重がかかっている。

金は体重計である。

と、そのとき思った。いや、まだ思ってはいなくて、そのときは漠然とそのようなことを感じたのだった。そのときの様子をいまゆっくりと想い出して書いていたら、その定義が出たわけである。

男はまだ中年にはほど遠い青年であったはずだが、そのとき既に生理的不良とは違う純正不良中年のキラメキを、そのどんぐりマナコの奥に潜ませていたのである。

その後、嵐山光三郎の名をはじめて見たのは、世にアングラという言葉が広がりはじめたころだった。既に状況劇場があり、暗黒舞踏があらわれていて、ガロも栄え、全共闘も敷石を剝《は》がしはじめたころだったと思う。ある日送られてきたマイナー雑誌の一つに、何か不思議な力を秘めたエッセイがあった。男が誰かの家を訪ねて玄関先でやり取りするようなことが書かれてある。その玄関先とは状況劇場、あるいは唐十郎の家、のようなものだったと思うが、定かではない。男は田舎《いなか》から、あるいは山から降りてきて「頼もう！」と主《あるじ》を呼ぶが、たしか留守で、何か二、三やりとりをして、家には上がらずに帰ったのだと思う。何も定かではなくて申し訳ないが、とにかくそういうことを書いた文章に、ぼくは何かただならぬ気配を感じた。

ふだん山奥でじーっと黙っていたかつての文豪が、久し振りに町へ下りて一言ちょっとしゃべったような、そういう何かズンとした風格があったのである。

筆者はと見ると、嵐山光三郎。それはしかし作った名前にしてはハデで出来すぎだよ、と最初は思ったのだが、その文章から妙に風格あるリアリティを感じた後では、いや、この名前は意外と実在の人物かもしれない、ぼくだけが知らない大物がいて、久し振りにマイナー雑誌に出てきたのではないかと考え直した。歳のころ六十歳とか七十歳とか、武道やヤクザ道にも長けた、相当な使い手を想像していた。

その後千円札を買った祐乗坊氏とは、ちらほらと行き来があったと思う。でもそれが嵐山光三郎だとは、しばらくは気がつかなかった。ぼくが鈍いだけかもしれない。でもそのときのエッセイのタイトルも、マイナー雑誌の名前も、ぜんぜん記憶にないのに、その文章に流れていたただならぬ気配と風格のようなものだけは、はっきりと覚えているのだから不思議なものだ。

出合い頭のデッドボールで額が腫れて、その後ボールはもうないし野球の試合も終ったのだけど、腫れだけは残っているというようなものだろうか。

嵐山光三郎という名前は、それから次第に実在のものとなっていった。それがあの祐乗坊らしいとだんだんわかったのだが、そのことと最初のデッドボールの腫れとは、二重の印象として存在している。もちろん形として重なっていくんだけど、一階と二階と、フロアがちょっと違うのである。

ところで不良中年の不良だが、嵐山さんが不良という象徴語でいおうとしているのは、ずばり、人間の心のことだと思う。でも心の問題、心を大切に、などと口に出したとたんに、さっとシラけてしまういまの世の中である。でもその問題、その大切さはいつも変らずあることで、だからいまはその心を話すのに不良といわなければいけないという言葉の厄介があるのである。

たとえば芸術という言葉で考えるとよくわかる。世の中がある以上、芸術なんてないように見えてもどこかには潜んでいるものだ。でも「これが芸術です」などと大真面目にいったとたんにさっとシラける。だから仮りに芸術だと思っていても「いや別に何でもない」とか「これはただのイタズラですよ」「芸術なんて、そんな大層な」「滅相もない」とかいって逃げることで、やっと落着くのが世の中である。逃げずに「芸術」という言葉がそのまま通るのは、裁判所の中ぐらいなものだ。

この辺が不良少年にはまだわからない。これは不良中年ならではの、いわゆる大人の投球というか、外角に逃げる球でバッターを誘うというか、そういうものだ。

いまの世の中、まともな直球では簡単に打ち返される。だから直球一筋でどうしても打ち込まれてばかりいる「心」という言葉を見るに見かねて、義俠心《ぎきょうしん》で駈けつけてきた言葉が「不良」なのではないかと、ぼくは解釈している。

いまは頭の時代である。世の中の多くのことが頭の理屈、頭の計算、小狡《こずる》い頭の働きで仕切られている。だからここはひとつ、どうしても、「心」の代貸《だいがし》としての不良中年に、というこれは、嵐山監督の采配なのではなかろうか。

●本書は一九九七年十一月、小社より刊行された作品です。

|著者|嵐山光三郎　1942年、東京都生まれ。雑誌「太陽」元編集長。著書に、第4回講談社エッセイ賞を受賞した『素人庖丁記』の他『同窓会奇談』『夕焼け少年』『怪』『自宅の妾宅』『素人庖丁記・カツ丼の道篇』『素人庖丁記・海賊の宴会』『追悼の達人』『文人悪食』『ごはん通』など多数。うまいものをこよなく愛し、みずからうまいものを作り出す料理の腕も超一流。

「不良中年《ふりょうちゅうねん》」は楽《たの》しい
嵐山光三郎《あらしやまこうざぶろう》

2000年11月15日第1刷発行
2003年6月27日第6刷発行

発行者――野間佐和子
発行所――株式会社 講談社
東京都文京区音羽2-12-21　〒112-8001
電話 出版部 (03) 5395-3510
販売部 (03) 5395-5817
業務部 (03) 5395-3615

講談社文庫
定価はカバーに
表示してあります

デザイン―菊地信義
製版――慶昌堂印刷株式会社
印刷――東洋印刷株式会社
製本――株式会社国宝社

Printed in Japan

ISBN4-06-273016-2

講談社文庫刊行の辞

二十一世紀の到来を目睫に望みながら、われわれはいま、人類史上かつて例を見ない巨大な転換期をむかえようとしている。

世界も、日本も、激動の予兆に対する期待とおののきを内に蔵して、未知の時代に歩み入ろうとしている。このときにあたり、創業の人野間清治の「ナショナル・エデュケイター」への志を現代に甦らせようと意図して、われわれはここに古今の文芸作品はいうまでもなく、ひろく人文・社会・自然の諸科学から東西の名著を網羅する、新しい綜合文庫の発刊を決意した。

激動の転換期はまた断絶の時代である。われわれは戦後二十五年間の出版文化のありかたへの深い反省をこめて、この断絶の時代にあえて人間的な持続を求めようとする。いたずらに浮薄な商業主義のあだ花を追い求めることなく、長期にわたって良書に生命をあたえようとつとめるところにしか、今後の出版文化の真の繁栄はあり得ないと信じるからである。

同時にわれわれはこの綜合文庫の刊行を通じて、人文・社会・自然の諸科学が、結局人間の学にほかならないことを立証しようと願っている。かつて知識とは、「汝自身を知る」ことにつきていた。現代社会の瑣末な情報の氾濫のなかから、力強い知識の源泉を掘り起し、技術文明のただなかに、生きた人間の姿を復活させること。それこそわれわれの切なる希求である。

われわれは権威に盲従せず、俗流に媚びることなく、渾然一体となって日本の「草の根」をかたちづくる若く新しい世代の人々に、心をこめてこの新しい綜合文庫をおくり届けたい。それは知識の泉であるとともに感受性のふるさとであり、もっとも有機的に組織され、社会に開かれた万人のための大学をめざしている。大方の支援と協力を衷心より切望してやまない。

一九七一年七月

野間省一

講談社文庫　エッセイ&ノンフィクション作品

阿川弘之　雪の進軍
阿川弘之　故園黄葉
阿刀田 高　好奇心紀行
阿刀田 高　ミステリー主義
相沢忠洋　「岩宿」の発見〈幻の旧石器を求めて〉
朝日新聞経済部　銀行〈その実像と虚像〉
浅野健一　犯罪報道の犯罪
浅野健一　新・犯罪報道の犯罪
浅野健一　マスコミ報道の犯罪
浅野健一　日本大使館の犯罪
河野義行／浅野健一　松本サリン事件報道の罪と罰
嵐山光三郎　素人庖丁記・ごはんの力
嵐山光三郎　「不良中年」は楽しい
嵐山光三郎　ざぶん〈文士温泉放蕩録〉
明石散人　龍安寺石庭の謎〈スペース・ガーデン〉
明石散人　ジェームス・ディーンの向こうに日本が視える

明石散人　謎ジパング〈誰も知らない日本史〉
明石散人　アカシックファイル〈日本の「謎」を解く!〉
明石散人　真説 謎解き日本史
明石散人　大老猫《だいろうびょう》の外交術〈鄧小平秘録〉
明石散人　日本国大崩壊〈アカシックファイル〉
W・アービング　江間章子訳　アルハンブラ物語
アベグレン&ストーク　植山周一郎訳　カイシャ
安野光雅　黄金街道
安野光雅　読書画録
新井素子　近頃、気になりません?
安土 敏　小説スーパーマーケット(上)(下)
安土 敏　ビジネス人生・幸福への処方箋
足立倫行　アダルトな人びと
麻生圭子　恋愛パラドックス
秋元 康　好きになるにもほどがある
秋元 康　明日は明日の君がいる

荒川じんぺい　週末は森に棲んで
荒川じんぺい　週末は山歩き〈「初めて」からのお役立ちガイド・エッセイ〉
安西篤子　「今昔物語」を旅しよう〈古典を歩く6〉
青木 玉　小石川の家
青木 玉　帰りたかった家
青木 玉　なんでもない話
青木 玉　手もちの時間
アメリカ探偵作家クラブ　L・トリート編　大出 健訳　ミステリーの書き方
阿木燿子　ちょっとだけ堕天使
浅田秀子　知らないと恥をかく「敬語」
綾辻行人　アヤツジ・ユキト 1987—1995
浅田次郎　勇気凜凜ルリの色
浅田次郎　福音について 勇気凜凜ルリの色
浅田次郎　満天の星 勇気凜凜ルリの色
荒 和雄　銀行マンの掟
荒 和雄　ペイオフ〈あなたの預金が危ない!〉